双葉文庫

百万両の伊達男

雪辱の徒花

稲葉稔

JN267307

目次

雪辱の徒花《あだばな》

百万両の伊達男

この作品は双葉文庫のために書き下ろされました。

第一章　相　談

一

桜井慎之介《さくらいしんのすけ》は静かに瞼《まぶた》をあけた。
頭がくらくらしている。首をゆっくり動かしてまわりを見た。
暗い部屋の中だ。それがどこなのかわからない。
いきなり頭を殴られた。飲んだ帰り道で、自宅長屋に入る寸前だった。
それからの記憶は、まったくない。
「目が覚めたようだな」
しわがれた声がした。
同時に片隅にある燭台《しょくだい》に火が点《とも》され、部屋の中が明るくなった。

「手荒なことをしてすまなかった」

しわがれた声の男が、目の前に来た。ひょろりと背の高い男だ。半白髪の髷《まげ》。口許《くちもと》にやわらかな笑みを湛《たた》えている。

慎之介は男をにらんだ。

後ろ手に縛られ、柱に括《くく》りつけられているので身動きできない。

「桜井慎之介。父は新番組組頭《しんばんぐみくみがしら》を務められていた桜井勘三郎《かんざぶろう》殿。そなたは、勘三郎殿の養子になり、そして家督を継ぐはずであった。ところが家督相続はままならず、家禄は召し上げられ、屋敷の半分を与えられただけに終わっている。いまは浪人のごとき暮らしをしているようだが、遊び惚《ほう》けているわけでもなさそうだ」

「これはなんの真似《まね》だ」

慎之介は男を鋭く見据える。

「わたしは岡部四郎三郎《おかべしろうさぶろう》。そこにいるのが、大久保常蔵《おおくぼつねぞう》」

大久保常蔵は燭台に灯《あか》りを点した男だ。がっしりした体つきに下駄《げた》のように四角い顔。無表情に頭を下げた。

「そして、お松《まつ》」

脇の暗がりから足音も立てずにあらわれた女だった。化粧っ気のない小麦色の顔が、燭台の灯りに浮かびあがった。目鼻立ちの整った顔だ。髪をつぶし島田に結っているが、男のように小袖を着流し、大小を差している。

「いったいこれはどういうことだ？」

ようやく頭がはっきりしてきた。せっかくの酔いもすっかり醒《さ》めている。縛《いまし》めを解《ほど》こうと体を動かしたが、どうにもならなかった。

「いま解いてやる」

四郎三郎が顎《あご》をしゃくると、お松がそばにやってきて、背後にまわった。すぐに縄が解かれ体が自由になった。慎之介は両方の腕を交互に揉《も》んで、

「なんでこんなことしやがる。おれがおめえさんらに何かしたっていうのか？」

と、息巻いた。

「頼まれてもらいたいことがあるのだ。手荒なことはしたくなかったが、まともに話ができるかどうかわからなかったのでな。そのことは許してもらいたい」

「けッ、勝手なことをいいやがる」

慎之介は刀を探したが、見あたらなかった。

「調べたところ、貴公には何やら野心があるようだ。そのために、市中の金持ち

に熱心な働きかけをしている。その企図するところまではわからぬが、貴公の剣の腕、また置かれているいまの境遇などを考えると、まさにぴったりの男だというのがわかった」

「何がわかったってんだ？　わけのわからないことをくどくどいわずに、さっさと用件をいってくれ」

「まあ、慌《あわ》てずに」

四郎三郎は慎之介の前に、ゆっくりした所作で座った。他の二人も四郎三郎の背後に控えるように腰をおろした。

「わたしはある方に仕えている。それが誰であるかはいまは話せぬが、もし、頼みを聞いてくれるならば、謝礼として百両を支払う」

「なにィ……」

慎之介は目をみはった。

百両はいうまでもなく大金であるし、自分の夢を叶《かな》えるためにも喉《のど》から手が出るほどほしい金である。

「幕府の将来を憂《うれ》うがために、どうしてもやらなければならないことがあるのだ。いまの幕府は感心できない。賄賂《わいろ》が横行し、お上にかしずく重役連中は奢侈《しゃし》に耽《ふけ》り、国を治めるための政《まつりごと》はきわめておろそかになっている」

「ふむ……」

「貴公は市中で暮らしているので、町のことはよくわかっておろう。楽なのは裕福な金持ちだけで、他の者たちは日々の暮らしに汲々《きゅうきゅう》とし、貧乏に慣れさせられている。貧しき者らが多すぎる。これは江戸にかぎってのことではない。諸国にはもっと苦しい暮らしを強《し》いられている者たちが溢《あふ》れるほどいる。手短にわかりやすく申せば、いまの悪政を正さなければならないということである」

「なんだか話が大きいな」

「詳しいことはあとにするが、ぜひとも貴公の力を借りたい。働き次第では、倍額の謝礼を払う用意もある」

「なに、倍額」

二百両ということである。慎之介は目をみはり、頭の中で算盤《そろばん》をはじく。溜《た》めた金が二百両ある。それと合わせれば、考えている計画が現実味を帯びてくる。

「それでいったい何をやれっていうんだ？」

「老中水野出羽守《みずのでわのかみ》を失脚させることだ」

慎之介は唖然《あぜん》となった。

浪人同然の暮らしをしている慎之介だが、いずれ老中職ら重臣の力を借りなければならないとも思っているので、少なからず幕府重鎮のことは知っている。

水野出羽守忠成《ただあきら》は、老中首座にあり将軍家斉《いえなり》より多大なる信任を得ている人物。慎之介から見れば、雲の上の人である。

「やり方はまかせる。受けてくれるなら……」

「ちょっと待ってくれ」

慎之介は片手をあげて四郎三郎を制した。

「一言で失脚というが、相手は老中筆頭ではないか。沼津《ぬまづ》藩主ではないか。つまり大名だろう。そんな人を、このおれが失脚させるなんて、そんな大それたことができるわけないだろう」

「この者らが手伝う」

四郎三郎は背後に控えているお松と常蔵をちらりと見て、慎之介に顔を戻す。

相変わらずその口許には笑みが浮かんでいる。

「手伝うっておれを入れて、たった三人。それで大名であり老中である大物を……その、失脚ってェのは、つまるところ暗殺しろってことなのか？」

「それでもかまわぬ」

四郎三郎はさらりという。

「では、殺さなくても出羽守を、老中職から引きずり下ろすことができればいいってことなのだろうか……」

「是が非でもそうしたい」

慎之介は「ふむ」とうなって腕を組み。宙の一点を凝視《ぎょうし》する。

とんでもない相談を受けたもんだとあきれもするが、大いに興味はある。老中職にある大名をその地位から引きずり下ろすのだ。大それた計画だが、これまでにない面白い仕事に思える。

「しかし、出羽守はそんなに悪い人なのか」

慎之介は心に思ったことを口にした。

二

夜が白々《しらじら》と明けようとしている。

慎之介は皆川町《みながわちょう》二丁目にある自宅長屋にいた。帰ってきたのは、七つ（午前四時）になろうかという時刻だった。

すべて（もちろん、それがすべてではないだろうが）の話を聞いたあと、昨夜拉致《らち》された屋敷を出たが、目隠しをされたので、その屋敷がいったいどこにあるのか、皆目《かいもく》わからない。

もし、昨夜の話を誰かに告げ口しても、あの三人がどこにいるのか、そして何者だったのかその正体もわからない。よって慎之介が、昨夜のことを誰かに話したとしても、誰も真に受けないということになる。

（なかなかしたたかなやつらだ）

慎之介はそう思うしかない。

だが、四郎三郎の話が事実だとすれば、水野出羽守忠成は許しがたき人物である。

慎之介は幕府の政治にはまったく疎《うと》い。町触《まちぶ》れに接したり、高札《こうさつ》を読んで幕府がどんな政策をしているのか、何となく理解しているだけだった。

そして、それが悪政なのかそうでないのかもわからない。それは、ほとんどの江戸市民も同じだろうし、下級武士の多くも幕政など理解していないはずだ。

しかし、四郎三郎の話を聞いて、なるほどそうだったのかと思うことは多々あった。

老中首座にある水野出羽守は、勝手掛《かってがかり》を兼務している。

勝手掛というのは、財政と民政を専属管轄《かんかつ》するもので、勘定所をはじめとする財政関係役人へ文書で命令を下し、また関係役人を任免する権限を有する。さらに、財政関係部署からの上申書を受け、それらを吟味《ぎんみ》し採否を決定する権限もあった。

つまり、将軍に成り代わるほどの絶大な権力を有しているということだ。

四郎三郎がいうには、

「出羽守の政はすべてが賄賂で行われている。挙げれば切りがないが、縮めていえば、頼み事をされれば、しかるべき便宜《べんぎ》を計らい、相応の賄《まいない》を受け取る。とある大名がいまの官職や地位を上げたいと願えば、権力を盾《たて》にうまく斡旋《あっせん》し望みを叶えてやる。むろん、そこには大きな金が動く。上様はたくさんの側室をお持ちだ。いまの地位を上げて出世をしたいという大名がいれば、その側室の子と縁組みをさせる。そのことによって、大名は望みを叶えるといった按配《あんばい》だ」

そして、こうつづけた。

「将軍家と大名家の縁組みには多大な費《つい》えが生じる。結納金《ゆいのうきん》や下賜金《かしきん》といったものだ。お上は常々質素倹約を美徳とし、その旨《むね》の触れを出している。ところが、出羽守にかしずく周辺の重臣や大名らは、質素などどこ吹く風、我々が予想だにできぬほどの贅沢三昧《ぜいたくざんまい》の暮らしをしておるのだ」

慎之介は黙って耳を傾けつづけていた。

「下々《しもじも》の風紀の乱れの元は、じつは腐敗し堕落している幕府の中にあるのだ。市《し》井《せい》では米価が上がりつづけておる。幕府は慌てて施米《せまい》をしているが、焼け石に水だ。二年前の大火以降、諸色《しよしき》物価も上がりつづけるばかり、火事のあとの始末も遅れがちで、設《もう》けたお救い小屋もその用を十分に果たすことができなかった。何事も後手後手で、庶民は困窮の極《きわ》みにあるではないか」

二年前の大火は、神田佐久間町《かんださくまちよう》から出火して三十七万軒を焼き、二千八百余人の焼死者を出していた。怪我をしたり行方知れずとなった者も数知れず、その折に両親を亡くし浮浪児になった子供たちも多い。

「たしかにあの火事はひどかったし、お上の救済もずっと後になってからだった。孤児《みなしご》になって死んだ子供も少なくない」

慎之介はこのときばかりは口を挟《はさ》んだ。

「さようだ。だが、近くに火の粉が飛んでこない上の者たちは、ただ口で哀れむだけであった。親身になって打つべき手を打っただろうか?」

「…………」

「答えは否《いな》である」

慎之介は、たしかに、と頷《うなず》いた。

「そういった不満は江戸にかぎったことではない。諸国ではお上の治政をよしとしない動きがある。一揆《いっき》はあちこちで起きている。周防《すおう》や長門《ながと》では制圧の利《き》かない一揆が起きもした。天下泰平とはいうが、果たしてほんとうにそうであろうか。民が苦しむのは、政がうまくいっていないからである。そして、その政の要《かなめ》となっている上様と側近の老中連が怠惰《たいだ》であれば、この世の中うまくいくはずがない」

「まったくそのとおりだと思います」

慎之介はごく自然に敬語を使って応じた。いつしか四郎三郎の話に、共感している証拠だった。

「まあ不平不満や悪口はいくらでもいうことはできる。いくらでも憂うことはできる。だが、それだけで世は変えられぬ。誰かが立ちあがり、改革をしなければならぬ。そのために貴公にひと働きしてもらいたいのだ」

「わたしのような男に、そんな大事を頼んでよいのでございますか」

四郎三郎は口許《くちもと》に絶えない微笑を浮かべながら慎之介を見た。

「貴公を見込んでの頼みである」

「しかし、失脚させるといっても、相手が相手。一筋縄ではいきませんよ」

「重々承知のうえだ」

「これは岡部様おひとりの考えではないはず。背後には誰がいるのです？」

この問いに四郎三郎は短く沈黙し、どう答えようかと逡巡《しゅんじゅん》した。

「……いまはいえぬ。だが、頼みを聞き入れてくれれば、いずれわかる」

そのあとで、四郎三郎は二日ほど考える時間を与えるといった。


「二日か……」

現実に立ち戻った慎之介は、小さくつぶやいた。

受けてもよい。受けてもよいが、うまく利用されるだけのような気もする。

（しかし、なぜ、こんなおれに……）

慎之介は夜具に横たわったまままつぶやき、天井を見つめた。

部屋の中に、弱々しい朝の光が射しはじめていた。

鴉《からす》と雀《すずめ》の声が表から聞こえてくる。

「受ければ百両、首尾よくいけば二百両……」

つぶやく慎之介の気持ちは固まりつつあった。

じつのところ、つぎの稼ぎ口を探しているところだった。棚からぼた餅《もち》ではないが、その稼ぎが向こうからやって来たのだ。

自分にどこまでできるかわからないが、

（やってみるか）

という気持ちになった。

「よし」

慎之介は勢いよく半身を起こした。

三

「それじゃ、おいらは何もしなくていいんで……」

すっとぼけた団栗眼《どんぐりまなこ》を向けてくるのは、慎之介の相棒になっている卯乃吉《うのきち》だった。

「いまのところはそうだ。だからといって、遊び歩いてんじゃねえぜ」

団子を頬《ほお》ばった慎之介は、茶を飲んで応じる。

竜閑橋《りゅうかんばし》そばにある両国屋《りょうごくや》という団子屋の店先だった。

「仕事はやりますよ。それに、このところ手許不如意《てもとふにょい》だから」

そういった卯乃吉を、慎之介はじろりとにらんだ。

「おめえ、まだ掏摸《すり》をつづけるつもりか。いい加減に足を洗いな。でなきゃ、いずれ痛い目にあうことになるぜ」

「そりゃ、わかってるけど。他にできることがねえから」

「何いってやがる。その気になりゃ何でもできる。おめえにはその気がねえだけなんだよ」

慎之介はみたらし団子を頬ばった。

「いつ見ても気持ちいいわ。慎さんの食べっぷり」

声をかけてきたのは、その店に勤めているおたまだった。近所で「団子屋たまちゃん」と呼ばれている人気者だ。ふっくらした頬に、えくぼを作っている。

「おまえの食いっぷりも気持ちいいぜ」

言葉を返すと、おたまはぷっと膨《ふく》れっ面《つら》をしたが、真剣に怒っているのではなかった。すぐににこやかな顔になり、茶を淹《い》れにきて、

「そうよ、慎さんのいうとおりよ。卯乃吉さん、ちゃんと仕事しなさいな」

と、たしなめるようなことをいう。

「ヘンだ。おめえにいわれる筋合いはねえよ」

「卯乃吉、たまちゃんも心配してくれてんだ。ふて腐れんじゃねえよ。さ、行くぜ」

　慎之介は床几《しょうぎ》からさっと立ち上がると、釣りはいらねえといって、おたまに代金を払った。

「兄貴、どこ行くんだよ」

　竜閑橋をわたる慎之介を卯乃吉が追ってくる。

「ちょいと調べなきゃならねえことがある。暇だったらついてきな」

「何を調べんです？」

「いろいろだ。おい、おめえはいまのお上のやり方をどう思う？」

「そんなのどう思うって、おいらにはわかりませんよ。それよっか大家が家賃を負けてくれるとか、ほしいものが安くなるとか、そっちのほうが大事ですよ」

「ほしいものって何だ？」

「そりゃあ、いい着物とか帯とか、煙管《キセル》とか、まあ好きな食いもんも安いほうがいいでしょう。そういや、米が高いと思いませんか。この間一升百二十文だったのが、もう百五十文ですぜ。一年前は百文しなかったってェのに……」

慎之介はぼやく卯乃吉を見た。

「そんなに上がっていたか……」

「兄貴は金持ちだから気にしないんだろうけど、貧乏人にとっちゃ苦しいことですよ。なにせ米は毎日の食いもんですからね。米が上がると、他のものも上がっちまうから、まったく……」

卯乃吉はそこではっと、団栗眼をみはったが、慎之介もそうかと思った。すぐに卯乃吉が言葉をついだ。

「お上がもちっと米を安くしてくれりゃ、暮らしが少しは楽になるんです。そうしてくれりゃ助かりますよ」

「そうだな」

慎之介は立ち止まって鎌倉河岸《かまくらがし》の堀端に立った。

そのままお城をにらむように見る。

お城の上には夏の終わりの雲が浮かんでいた。

蟬《せみ》の声はめっきり少なくなっている。

（あの城でこの国のことがいろいろと決まっているわけだ。みんなの暮らしが善くなるのも悪くなるのも、あの城の中で決まるということか……）

「どうしたんです？」

卯乃吉が怪訝《けげん》そうに見てくる。

「……なんでもねえ。だが、おれたちの暮らしを決めるのはお上だってことか」

「まあお上のせいばかりじゃねえでしょうけど、もちっとおれたちのことを考えてくれてもよさそうなもんです。そう思いますよ」

あきらめ顔でいう卯乃吉だが、たしかにそうだろうと、慎之介も思いながら、再び歩きだした。

「どこ行くんです？」

「九段下《くだんした》だ」

「ひょっとして目付《めつけ》の筒井《つつい》様のお屋敷で……」

「そうだ。いるかどうかわからねえが、ちょいと大事な用がある」

「それじゃおいらは用なしですか。琴乃《ことの》さんの話をしようかなと思ってたのに……」

「なに」

慎之介は立ち止まって卯乃吉を振り返った。琴乃の話なら放っておけない。

「琴乃の話って何だ？」

「あの人、ときどき出かけるでしょう。どこに行くのかわかったんです。まあ、ひとっところだけじゃねえですけど……」

「どこだ？　歩きながら聞くから教えろ」

琴乃は小普請《こぶしん》入りをしている旗本・嶋田与左衛門《しまだよざえもん》の娘だった。年は十七と若いが、慎之介は初めて会って以来、琴乃に執心《しゅうしん》していた。

「嫁入り前のお嬢さんですから忙しいんです。花を習いに駿河台《するがだい》の恩田久右衛門《おんだきゅうえもん》様のお屋敷に……」

「駿河台のどこだ？」

「観音坂《かんのんざか》です。そんで、小川町一ッ橋《おがわまちひとつばし》の橘 庄之助《たちばなしょうのすけ》様のお屋敷に琴を習いに、駿河町の宇佐美彦右衛門《うさみひこえもん》方に踊りの稽古《けいこ》です。感心するほど習い事に熱心ですよ」

「花と琴は、旗本の屋敷か？」

「さようで。踊りのお師匠さんは振付師で、歌舞伎の役者連中にも稽古をつけている人です。琴乃さんは踊りが好きなようですね」

「いいことを聞いた。おい卯乃吉、おまえにも助《すけ》をしてもらうことになるかもしれねえ。家でおとなしく待ってな。用ができたらおまえの家に使いを出すか、おれが訪ねて行く」

「へえ、兄貴の助なら喜んでやりますぜ」

「それから足を洗いな。人のもん掏《す》ったって面白くねえだろう」

「まァ……」

「それじゃそういうことだ」

慎之介は卯乃吉を置き去りにするように足早に歩き去った。

四

「もう夏も終わりだな」

筒井鉄之助《てつのすけ》は慎之介を客座敷に迎え入れるなり、そういってめっきり朝夕は涼しくなったと言葉を足した。

「それで、今日はなんだ？」

鉄之助は垂れ目だが、目付らしくその眼光は鋭い。髷に霜《しも》を散らし、鬢《びん》は真っ白だ。

「筒井さんが非番でようございました。ちょいと教えてもらいたいことがあるんです」

「金になる話か？」

鉄之助は直截《ちょくせつ》に問い返してくる。

徒目付《かちめつけ》とはいえ、百俵五人扶持《ぶち》で御目見《おめみえ》以下。齢《よわい》五十になっているので、老後の蓄《たくわ》えを心配する身分だ。

「なるかどうかは、先の話です。筒井さんは老中らの話を耳にされたりしますか？」

「ご老中の？　そりゃあ直《じか》に会って話をすることはない。相手は一国一城の大名ばかりだからな。だが、噂ぐらいなら耳にすることはある。ご老中がいかがした？」

「賄政治が行われていると小耳に挟んだんです」

鉄之助は眉宇《びう》をひそめた。

「それも老中首座にある水野出羽守様が、率先してなさっているとか……」

「そんなことをどこで聞いた」

鉄之助は鼻を鳴らして、扇子《せんす》を開いてあおいだ。

「噂です」

「まさかその噂の真偽を調べてくれというんじゃないだろうな。そういうことならできぬ相談だ」

「では、出羽守様がどんな人柄なのか、それはわかりませんか？」

鉄之助は表に向けていた顔を、慎之介に戻した。

「出羽守様の何を知りたい？　まさか、出羽守様に取り入ってひと儲《もう》けしようという魂胆《こんたん》じゃないだろうな。そんな大それた真似《まね》はやめることだ」

「筒井さんには無理なことですか？」

「たわけたことをいうな。相手は老中筆頭であるぞ。そんな人の調べなどできるわけがない。そもそもおそばに近づくことさえできぬのだ。いったい何を考えておる」

「評判はどうなんでしょう？」

「知らぬ。わたしの口からいえることではない」

「では誰に聞けばよいです？」

慎之介は食い下がる。

「おぬしは孤児のために金を集めたいのだろうが、ご老中を相手にするなど大それたことだ。おぬしの 志《こころざし》 には日ごろから敬服しておるが、無茶な考えは控えることだ」

慎之介には、天涯孤独の身になり、路頭に迷っている孤児たちに手を差しのべたいという思いがある。

そのための養護所を造るのが夢であり、実現させなければならないというのが、己に課した使命だった。

その理由を一言でいうなら、自分がそういう境遇だったからである。

「頼りになると思ったのになァ……」

慎之介はぬるくなった茶に口をつけた。すると、鉄之助がじろりと見てくる。

「金になることを考えているのだろうが、そうなのか……」

人を値踏みする目だった。

「まあ、ならないといえば嘘になりましょう。うまくいけば、筒井さんにも少しは分け前をわたせるんですが……ま、無理なようですね」

慎之介がそういって腰を上げようとすると、待てと鉄之助が手をあげて制した。慎之介は浮かしかけた尻を元に戻した。

「命を張るとまではいわぬが、まあわたしにできるかぎりで、少し探りを入れてもよい。もっとも見返り次第であるが……」

「やっていただけますか。でしたら……十両でいかがです?」

思わず口をついて出た金額だったが、そのくらいは仕方ないと思った。

「この首が飛ぶかもしれぬのだぞ」

鉄之助の目が、もう少し色をつけろといっている。とんだ徒目付だ。

「では十両足しましょう」

鉄之助の目尻にしわが寄った。

「期限は明日まで」

「なんだと！」

「それだけ急ぐ仕事なのです。明日一日あれば、おおよその調べはできるのではないですか。できなければこの話はなかったことにします」

慎之介は尻を浮かす。

「わ、わかった。なんとかしよう」

「そうと決まれば、早速動いてもらいましょうか」

慎之介はにやりと笑った。

五

「そこのおたんこなす。どこ行くんだい」

声をかけられたのは、その日の夕暮れだった。

蜩《ひぐらし》が町のあちこちで鳴いている。

慎之介が声のほうを見ると、歯っ欠け婆《ばばあ》がニタニタ笑っていた。

そこは鍛冶町《かじちょう》一丁目にある煙草《たばこ》屋の前だった。店先に座っている婆さんが、その店の主《あるじ》・おかねだった。

「おたんこなすはねえだろう」

「最近つれないじゃないのさ。だからおたんこなすだ」

「口の減らねえ婆だ。おれは忙しいんだ。いきなり声なんかかけるんじゃねえよ。まったく」

慎之介はそのまま行こうとしたが、おかねがすぐに声をかけてくる。

「たまには煙草買っていきなよ。冷たい男だね。年寄りを粗末にするとろくなことはないよ」

無視しようと思ったが、慎之介はきびすを返して、おかねのそばに行った。世間を眺めている老婆の話を聞こうと思ったのだ。

「それじゃそれをもらおう」

「あんたいい男だよ」

おかねはもうそれ以上しわは寄らないだろうというぐらいに、顔をしわくちゃにして刻《きざ》みを包んでくれた。

「忙しいのかい。久しぶりじゃないか」

おかねはそういってから、口をふがふがさせる。歯がないからだが、白髪頭も大分薄くなっているし、眉《まゆ》は真っ白だ。慎之介を見ると、死んだ倅《せがれ》によく似ているという。

「いろいろあるんだ。ちょいと聞くが、お上の政をどう思う?」

「なんだい藪《やぶ》から棒に」

「幕府のやり方が悪いから、暮らしがよくならねえって話をよく耳にするんだ。婆さんもそう思うかい」

「妙なことを聞くね。そりゃあ、ご公儀あってのわたしらだけど、将軍様がじきじきに政をやってるんじゃないだろう。やってるのは老中とか若年寄とか、公儀のお役人たちだろう」

「ほう、知ったふうなことというじゃねえか……」

慎之介は感心した。

「伊達《だて》に年取ったんじゃないよ。おまんま食べた分、いろんなことを肌で感じて見て聞いてきたんだ。少しぐらいならわかってるよ」

「どうわかってるってんだ？」

「世の中がよくならないのは、公儀役人の元締《もとじ》めがしっかりしてないからさ。そうに決まってるよ。出羽守って老中なんか食えたもんじゃないね」

慎之介は驚いた。おかねの口から、水野出羽守忠成の名が出てくるとは、思いもしないことだった。

「出羽守のことを知ってるのか？」

「知ってるわけないさ。だけど、話は聞いてるよ。それに、十代《じゅうだい》様の時代に戻ったというもっぱらの噂だ」

十代様というのは、将軍家治《いえはる》のことである。

「戻ったというのはどういうことだい？」

慎之介は店先に置いてある床几に腰をおろした。

傾いた日が向かいの店の葦簀《よしず》にあたり、風鈴がちりんと鳴った。

「十代様のころは田沼主殿頭《たぬまとのものかみ》っていう老中が、賄の政をやっててめえの腹を肥やしていた。それがまた戻って来たっていうじゃないか。それが出羽守って老中だよ。そんなことも知らないのかい」

慎之介はまるくした目に、尊敬の念を込めた。

「出羽守は主殿頭の倅を引き立ててるっていうじゃないか。同じことをやってるらしいから無理もないだろうけど、賄で政ができるもんかい。ちゃんちゃらおかしいだろう。〝水の出てもとの田沼になりにけり〟って、誰が詠《よ》んだのか知らないけど、あんた聞いたことあるだろう」

「はあ、そういやァ……」

たしかに聞き覚えがあった。

だが、そんなことには興味も示さなかった慎之介である。

「それじゃ出羽守って、感心できねえ老中ってことか……」

「いいことやってりゃ、誰も悪口なんかいわないさ。そうじゃないか」

「まったくだ」

いや、婆さんまた来るよ、といって、慎之介はおかねの煙草屋を離れた。意外なところで、意外なことを知って、しばらくの間おかねを見直していた。

慎之介は通新石町《とおりしんこくちょう》を北へ歩いた。須田町《すだちょう》から八《や》ツ小路《こうじ》に出て、昌平橋《しょうへいばし》をわたり神田明神下の通りに入った。

夕闇の迫る町には落ち着きがなかった。家路を急ぐ職人がいれば、通りを駆け抜ける商家の小僧、路地から出てきてすぐ隣の路地に消える棒手振《ぼてふり》、それに野良猫を追いかける犬がいて、夜商いの店の女が看板を出したり、暖簾《のれん》をあげたりしている。

慎之介は明神下の通りをちょいと右に入り、神田金沢町《かなざわちょう》一丁目にある山城屋《やましろ》という薬種問屋《やくしゅどんや》の前で足を止めた。

ひと月ほど前からときどき〝つば〟をつけていた店である。暖簾を撥《は》ねあげて、店に入ると、帳場に座っていた主の万兵衛《まんべえ》があからさまにいやそうな顔を向けてきた。

客を迎え入れる「いらっしゃい」の声も、「いら」で止まってしまった。

六

「そろそろ店仕舞《みせじまい》いだろう」

慎之介は上がり口に腰かけて万兵衛を見る。

「今日はどんなご用で？」

「この前ちらりと話した件だ。ちょいと煮詰めておこうと思ってな。ここで話してよけりゃ、そうするが……」

慎之介がそういったとたん、万兵衛は慌てて隣に座っている番頭に、あとは頼むといって、慎之介に「どうぞこちらへお上がりください」と、奥座敷へいざなった。

慎之介は山城屋万兵衛の弱みをにぎっていた。気づいた当初はこれといった確信がなかったので、それとなく知っているようなことを匂わしていただけだったが、やはり慎之介の鋭い嗅覚に狂いはなかった。

山城屋はあろうことか、大洲《おおず》藩留守居役《るすいやく》の江戸妻と密通していたのである。

「お話とは……」

山城屋万兵衛は用心深い目で見てくる。

福々しい顔もこわばり気味である。撫《な》で肩《がた》で色白なので、頼りなさそうに見えるが、その辺を好む女もいるから、男女の仲とは摩訶《まか》不思議である。

もっとも、山城屋は裕福な薬種問屋だから、金目あてにいい寄る女もいるだろうが、通じている女はそうでもなさそうだ。

「この前ちらりと話したことだ。すっとぼけることたァねえさ。相手はお杉《すぎ》という名だ。いい年増だ。まあ、あんたの年からすりゃお似合いだろうが……」

「いったいなんの話で……」

顔色《がんしょく》をなくしているくせに、山城屋は白《しら》を切る。

「この先も話していいんだったら遠慮なく話すぜ。それとも、その話はおれの胸にたたみ込んでおくから、取り引きの話に移るか」

慎之介は煙草入れを出して、ゆっくりした所作で煙管に刻みを詰めた。

どこかで蜩が鳴いている。

山城屋は息を呑んだまま、返答しない。

慎之介は行灯《あんどん》の仄《ほの》あかりを受ける山城屋を静かに眺める。

「……あの、取り引きとは?」

慎之介が煙管をひと吸いしたときに、山城屋はおずおずといった。

「それじゃみなまで話しちまうか。あんたが通じているのは、大洲藩加藤《かとう》遠江《とおとうみの》守《かみ》様に仕えるお城使い(留守居役)、中川重右衛門《なかがわじゅうえもん》様。江戸家老も兼ねておられる重臣だ。その中川様が寵愛《ちょうあい》されている江戸妻のお杉殿と、あんたは懇《ねん》ろの仲で、中川様の目を盗みながら逢瀬《おうせ》を重ねつづけている。このことが中川様に知れたら、どうなるかってことよ」

「……………」

「お杉殿は正妻じゃねえが、江戸屋敷では誰もが認めている仲。中川様の大事な側女《そばめ》。不義密通が知れれば、ただじゃすまねえ。中川様に首を刎《は》ねられるか、はたまた御番所《ごばんしょ》に引きわたされて死罪を受けるか、行きつくのはそんなところだろう」

万兵衛は華奢《きゃしゃ》な撫で肩をふるわせ、血の気をなくしていた。

「まあ、おれが口を閉じてりゃあんたは長生きができる。そんなわけで掛け合いをしようってことさ」

慎之介は煙管を灰吹《はいふ》きに打ちつけた。水が入っていたので、ちゅんと灰が音を立てた。

「わたしの出方次第で、口を閉じてくださるというのですね」

万兵衛の声はふるえていた。膝に置いた手も、わなわなとふるえている。大それた不義を働いているくせに小心な男だ。

「さようだ」

「いかほどで話をつけてくださいますか」

「さしずめ五十両で手を打ってやろう」

「さしずめ……」

万兵衛の目が左右に泳いだ。

「呑めねえっていうんなら、このまま大洲藩上屋敷《かみやしき》に足を運ぶだけだ」

「お、お待ちを……わ、わかりました。す、すぐに、すぐにご用意いたしますので、お待ちくださいませ」

万兵衛は覚束《おぼつか》ない足取りで座敷を出て行った。

慎之介はもう一度煙管に刻みを詰めて、煙草を喫《の》んだ。

座敷の向こうに手入れの行き届いた小庭がある。すでに日が落ち、蹲《つくばい》に張られた水に白い月が浮かんでいた。

煙管を吹かしながら、五十両の要求は手ごろな値段だろうかと考えた。命と引き替えだから、安いかもしれないが、慎之介は無慈悲な悪党ではないから、ここで欲はかかないほうがいいだろうと思う。

金を取りに行ったはずの万兵衛だが、なかなか戻ってこなかった。

「いったいどれくらい待たせる気だ」

思わず愚痴《ぐち》が口をついて出た。廊下のほうを見るが、近づいてくる足音はない。表から人の話し声が聞こえてくるぐらいだ。

風が出てきたらしく縁側に吊るしてある風鈴が、ちりんちりんと忙《せわ》しく鳴った。それからしばらくして、ようやく万兵衛が戻って来た。蒼白《そうはく》のままだ。

緊張の面持ちで、慎之介の前に座ると、袱紗《ふくさ》に包んだ金をそっと差しだした。

「お確かめください」

「まあ、間違いはないだろう」

慎之介は無造作に金をつかんで懐《ふところ》にねじ込んだ。

「約束は守る。こんなことはしたくねえが、まあ、あんたも自業自得だと観念することだ。それからお杉殿とは、早く手を切ったほうが身のためだ」

「あ、あのう、金輪際《こんりんざい》わたしには関わらないんですね」

「約束は守る。そういっただろう。武士に二言《にごん》はない。安心しな」

慎之介はにやりと、余裕の笑みを口辺に浮かべて腰を上げた。

表はすっかり暗くなっていた。居酒屋や料理屋の行灯の灯りが、明神下の通りをうっすらと染めていた。

慎之介は歩きながら思う。こういったことの繰り返しで、養護所設立の資金集めをしているが、後味の悪さがある。

しかし、大金集めには他にいい策がなかったし、相手にするのはちょっとやそっとでは小揺るぎもしない大金持ちばかりである。

（山城屋、悪く思うんじゃねえぜ）

心中でつぶやく慎之介は、おれの忠告は間違っていないはずだと納得する。八ッ小路に入ったところで足を止めた。琴乃が習い事をしているのを思い出したのだ。

卯乃吉は、琴乃が駿河台の恩田久右衛門という旗本の屋敷に、花を習いに行っているといった。八ッ小路からほどないところだ。

たしかな屋敷の場所はわからないが、観音坂の途中らしいから、行けばわかるかもしれない。ばったり琴乃に出会えないものか、と期待しつつ慎之介は駿河台に足を向けた。

町屋と違い大名屋敷地に入ると、いきなり静かになるし、闇が濃くなった。月をあおぎ見るが、さほど明るくはなかった。

福山《ふくやま》藩阿部《あべ》家上屋敷の角を曲がったときだった。慎之介は背後に人の気配を感じた。気取《けど》られないように神経を尖《とが》らせると、どうやら自分を尾《つ》けているとわかった。

（山城屋め……）

心中でつぶやく。金を取りに行った際、時間をかけたのはこういうことだったかと、慎之介は舌打ちをした。

（馬鹿なことをしやがる）

山城屋に悪態をつきながら慎之介は歩を進めた。

尾行者の気配が次第に強くなった。

七

（何人だ？）

慎之介は背後の気配を警戒しながら内心でつぶやく。

尾行者の殺気が強くなっている。

尾けてくるのは三人。

右は福山藩阿部家の長塀《ながべい》、左も府内《ふない》藩松平《まつだいら》家の長塀である。

通りには人影もなく、あたりはひっそり静まっている。

（琴乃を気にするあまり、まずいほうに歩いてきちまったな）

慎之介は内心でぼやく。

観音坂に向かう道は、ゆるやかな坂道だ。

走って逃げようか、そう思ったとき、両の耳が鞘走《さやばし》る刀の音をとらえた。同時に駆けるように迫る足音。殺気はさらに強くなっていた。

た。

逃げるのをあきらめたとき、刃風《はかぜ》をうならせながら背中を斬りに来た男がい
た。

慎之介は腰を低く落とすと、そのまま反転しながら抜き様の一刀で、相手の刀を撥ねあげた。

短い火花がパッと散り、慎之介は相手との間合いを取るために、一間《いっけん》飛びすさって青眼《せいがん》に構えた。

三人の男が立っていた。顔は闇に塗り込まれてはっきりしないが、浪人の風体だ。

左右に立つ男が、慎之介を挟《はさ》み込むように動いた。

「山城屋の差し金で斬りに来たか……」

男たちは無言のまま間合いを詰めてくる。

慎之介は剣気を募《つの》らせて、

「そっちがその気なら容赦《ようしゃ》しねえぜ」

と忠告した。

刹那《せつな》、右の男が突きを送り込んできた。


（逃げても無駄か）

慎之介は素早く相手の刀をすり落とすと、そのまま正面の男に逆袈裟《さかげさ》の一撃を浴びせた。

相手はその俊敏さに驚いたらしく、慌てて引き下がった。

休んでいる暇はなかった。左の男が刀を横薙《よこな》ぎに振ってきた。

慎之介は半身になってかわすと、一閃《いっせん》の業《わざ》で相手の刀を打ち落とした。勢いがあったので、相手は刀を落とすだけでなく、片膝をついた。

慎之介はその隙《すき》を逃さず、相手の肩を斬りあげた。

「うっ……」

相手は防御しようとしたが、間に合わず、斬られた肩を押さえて数間下がった。戦意は喪失《そうしつ》したはずだ。だが、まだ二人残っている。

右にまわり込んできた男が、袈裟懸けに斬りかかってきた。慎之介は刀を地面と水平にして、がっちり受け止めると、思いきり股間を蹴り上げた。

「ぐふぇ……」

男はたまらずうずくまった。

「残るはおまえひとりだ。どこからでもかかってきやがれ」

慎之介は刀をだらりと下げると、そのまま間合いを詰めた。まったく無防備な体勢だが、相手は斬りかかれずに、じりじりと下がった。

慎之介はどうした、と挑発する。

「こ、このッ……」

相手は刀を上段に振りあげて斬りかかってきた。

慎之介は半身をひねってかわす。刀の切っ先は下方に向けたままだ。

かわされた男は八相《はっそう》に構えなおして、右足をゆっくり送り込みながら間合いを詰めてくる。

坂下から風が吹いてきて、足許の土埃《つちぼこり》を舞い上げた。

「来いッ」

誘いに乗った相手が、袈裟懸けに斬り込んできた。

慎之介は素早く剣尖《けんせん》を上げながら、相手の斬撃《ざんげき》を紙一重《かみひとえ》でかわすなり、さっと右足を軸に体を反転させ、そのまま相手の後ろ首に刀をぴたりとあてた。

「ひッ……」

背後にまわり込まれた男は、地蔵のように体を固めた。後ろ首に刀をあてられているので、身を竦《すく》めたままだ。

「刀を放せ。さもなくば、おまえの首をひと掻《か》きする」

「や、やめてくれ」

男はすぐに刀を放した。その刀はチャリンと音を立てて足許に落ちた。

慎之介は股間を押さえてうずくまっている男と、肩を斬られて立ちすくんでいる男をにらんだ。

「山城屋にいっておくんだ。おれは約束を守る男だと。もし、同じことを繰り返すようだったら。約束を反故《ほご》にすると伝えろ。わかったか」

「わ、わかった」

刀を突きつけられている男は、怖気《おぞけ》をふるって頷いた。

「去《い》ね」

慎之介は相手を突き飛ばした。

「ひゃあー……」

突き飛ばされた男は、情けない悲鳴を漏らして前のめりに倒れ腹這《はらば》いになった。他の二人は遠くからそれを眺めていた。

「おい、忘れもんだ」

慎之介が刀を蹴ってやると、腹這いになっていた男は、慌てふためいて刀を拾い、仲間を追うように駆け去っていった。

「馬鹿め」

慎之介は吐き捨てて、刀を鞘に戻した。

琴乃に会いたいと思っていたが、今夜はあきらめることにした。

第二章　新たな男

一

岡部四郎三郎に返事をする日だが、どうやって連絡をすればよいか、その術《すべ》がなかった。慎之介はおそらく先方から自分を訪ねてくるのだろうと、その日は外出を控えていたが、いっこうに訪問者は来ない。

使いが来るのか、直接、四郎三郎が訪ねてくるのかわからなかったが、その前に筒井鉄之助の話を聞いておかなければならなかった。

慎之介は傾《かたむ》きはじめた日の光を受ける戸障子《としょうじ》を眺めてから、差料《さしりょう》を引き寄せた。そのまま長屋を出て、筒井鉄之助の屋敷に向かう。

――明日、夕七つ（午後四時）、わたしの屋敷前で待っておれ。

鉄之助は昨日そういった。

表に出ると、蜩の声が聞こえてきた。通りには赤とんぼも舞っている。

鉄之助がどこまで調べてくるのか、それは会ってみなければわからないが、いずれしろ二十両の謝礼を払うことになるだろう。

大事な資金源からの出費になるが、四郎三郎の依頼を受けるか否かは、鉄之助の調べ次第である。

何しろ老中首座を失脚させるという、大それた計画に加担するのだ。もし、その計画が幕府に対する許しがたき謀反《むほん》なら、身を滅ぼすことになる。

ここは慎重になるべきで、大金二十両の出費を惜しむことはなかった。そして、四郎三郎の企図していることが正しい道ならば、慎之介は身を投じる肚《はら》である。

その見返りは百両。首尾よくいけば、倍の二百両を手にすることができる。

鉄之助の屋敷に近づくと、

「こっちだ」

という声が飛んできて、物陰から鉄之助があらわれた。そのまま顎をしゃくり、ついてこいという。

慎之介はそのまま鉄之助のあとにしたがった。

俎橋《まないたばし》の堀端に立った鉄之助は、お城のほうを見て、

「これからは独り言をいう。黙って聞け」

といった。

目の前の堀川が小波《さざなみ》を立てていた。

「調べは容易ではなかった。だが、上役の話を拾い集めてきた。出羽守様の評判は芳《かんば》しくない。だが、上様は出羽守様にひとかたならぬ信をおかれている。その手前、面と向かって出羽守様に意見する重臣はいない。また、側近の重臣らも出羽守様の恩を蒙《こうむ》られて、いまの地位にあるといって過言ではない」

鉄之助は九段坂を下り、俎橋をわたりはじめた旗本の一行を見て、口をつぐんだ。その一行に警戒するような目を向けて、声を低めてつづけた。

「若年寄も他の老中も、出羽守様の考えややり方に異を唱えられぬ。もし、意見でもしようものなら、その座を外されるのが落ちだろう。どんな詮議でも、出羽守様の鶴の一声で右にも左にも転ぶ。そして、そばにいて目を光らせているのが、松平周防守康任《すおうのかみやすとう》様だ」

「松平周防守……」

「出羽守様に次ぐ老中、石見浜田藩《いわみはまだ》の当主だ」

「賄政治だと耳にしてますが……」

慎之介は堀の水面《みなも》に映り込んでいる自分の姿を見ていった。

「側近も若年寄も、そして老中のほとんどが出羽守様の息がかりだ。地位と引き替えに、多大なる謝礼を出羽守様は受けられている。それは重臣ばかりか、諸国の大名連中が知るところらしい。わたしのような下位の役人らの気づかぬところで、大金が動いているということだ」

「…………」

「出羽守様は金銀の改鋳《かいちゅう》をたびたび行われている。それは幕府の財政を建て直すというのが建前だが、事はうまく運んでいないようだ」

「金銀改鋳が、なぜ行われるのかよくわからないのですが……」

慎之介は疑問をつぶやく。

「改鋳によって金銀の質は粗悪になる。つまり新しい貨幣を造ることによって、金銀の差益ができるということだ」

「それでも幕府の台所の苦しさは変わらないということですね」

「台所が苦しいから、年貢や税が増える。これまでかけられていなかった物成《ものなり》

(農産物)にも税がつけられた。税はそれだけではなく、高掛物《たかがかりもの》(村高《むらだか》や個々の持高《もちだか》に課される付加税)や夫役《ぶやく》も厳しくなっている。その結果、関東周辺の村々は厳しい暮らしを強いられることになった。暮らしがままならないと、不埒者《ふらちもの》が増える。関東取締出役《かんとうとりしまりしゅつやく》が設けられたのは、在《ざい》で悪さをする不埒《ふらち》者を取り締まるためだ」

「………」

「公儀は下々《しもじも》に質素倹約をするよう、再三触れを出しているが、重臣らの贅沢ぶりを見れば、なんのための触れだかわかりはせぬ」

鉄之助は低い声に憤《いきどお》りを込めた。

質素倹約令が出されているのは、慎之介も十分に知るところである。鉄之助の憤りはよくわかる気がする。

「このままでは下々の暮らしはよくならないということですか」

「よくなりはせぬだろう。上の者たちがそのようなていたらくでは。ようするに我が身さえよければ、民の暮らしなどどうでもよいのだ。いや、わたしたちのような下の役人らが、そのうまい汁を少しでもわけてもらえれば、不満は出ぬだろうが……」

鉄之助は拳《こぶし》をにぎりしめ、唇を引き結んで、お城のほうをにらむように見た。

それから、すっと慎之介に顔を向けた。

「おぬしはこんなことをわたしに調べさせて、何を考えているのだ?」

慎之介は少し迷って答えた。

「無役で仕官もしていないわたしですが、これでも元は旗本の端《はし》くれ。たまにはご公儀のことを気にしてもよいでしょう」

「さようであったな。本来なら身分はおぬしのほうがわたしより上なのだからな」

徒目付というのは御目見《おめみえ》以下である。

鉄之助は自嘲《じちょう》の笑みを浮かべてつづけた。

「だが、その裏には何か考えていることがあるのだろう」

「さあ。それはどうでしょう。しかし、お上の行っている政の中心にいるのは、出羽守様ということですね」

「悪政の首魁《しゅかい》だ」

鉄之助は吐き捨てるようにいって、それがすべてだと話を締めくくった。

二

鉄之助と別れた慎之介は、雉子橋《きじばし》を過ぎたところで立ち止まった。西の空を染めていた日は翳《かげ》り、雲の一端に夕日の名残《なごり》を留めているだけだった。

慎之介は鉄之助の調べに満足しているわけではなかった。もっと具体的にわかりやすいことを知りたかった。だが、一介の徒目付では、その調べには限りがあるのだろう。それでも水野出羽守のことは少なからずわかった。

礼金二十両は痛い出費だったが、鉄之助とは今後の付き合いもある。あれはあれでよかったと、慎之介は潔《いさぎよ》く割り切った。

（さて、岡部四郎三郎様とはどうやって連絡《つなぎ》をつけるんだ……）

その方法は伝えられていなかった。

おそらく自宅長屋に誰かが来るのだろうと思い、雉子橋のそばを離れた。

ここからしばらくは、庶民の憩《いこ》いの場となっている護持院《ごじいん》ヶ原《がはら》だ。広い空間があり、林がある。冬場は将軍の放鷹場《ほうようば》にもなっている閑静《かんせい》なところである。

林の中にはいくつもの小径《こみち》や排水用の溝《みぞ》が造られている。日が翳ったので、林の中に入るとうす暗くなる。

昼間は多くの通行人があるが、いまは人通りもなく閑散としていた。まだ鳴き足らなかったのか、林のどこからともなく蜩の声が聞こえてきた。

林のずっと向こうに小さな火灯りが見えた。鎌倉河岸のほうからやってくる人の提げ《さ》た提灯《ちょうちん》だった。

その火灯りが林の木々に邪魔をされて、見えなくなったときだった。不意に小さな石礫《いしつぶて》が飛んできて、慎之介の肩にあたった。

「うっ……」

肩を押さえて顔をしかめたとき、頭上の木から黒い影が降ってきた。

さっと上を見ると、枝から飛び下りる影は、刀を閃《ひらめ》かせていた。慎之介はとっさに前に飛んで、その襲撃をかわした。

素早く立ちあがると、木の陰から新たな人影があらわれた。ひとりではなかった。

「何やつ！」

慎之介は声を張りながら抜刀して身構えた。

賊は四人。その四人が慎之介を取り囲むように動き、ひとりが鋭く斬り込んできた。

慎之介はその一撃をすりあげて押しのけ、背後から斬りかかってこようとしていた影の喉元に剣先を向けた。

相手は刀を振りかぶったまま動けなくなったが、別の影が横合いから斬りかかってきた。慎之介は半身を捻《ひね》ってその一撃をすり落として、足払いをかけて倒した。

休んでいる暇はなかった。賊は見事に連動して襲いかかってくる。

横から襲い来る斬撃を打ち返し、返す刀で正面の賊を牽制《けんせい》して、右に動きながらついてくる相手に袈裟懸けの一刀を送り込んだ。

相手は斬られるのをいやがり大きく後退した。しかし、すぐに別の影が襲いかかってきた。慎之介は右足を踏み込みながら、懸河《けんが》の勢いで刀を振り抜いた。

「うっ……」

相手はその早業《はやわざ》に驚いたように、右に飛んで逃げた。

慎之介はその賊を放っておいて、正面から撃ちかかってきた賊の懐に飛び込むと、片腕を挟み込むようにして地面にたたき伏せた。そのまま斬り捨てようとしたが、背後から羽交《はが》い締《じ》めにされた。

「このォ」

下腹に力を入れて、腰を落とすなり、首を絞めようとする相手の顔面に肘《ひじ》を叩きつけた。

「うわっ」

悲鳴を漏らした賊の体勢が崩れたので、慎之介はすかさず肩口をつかみ取って腰にのせて投げ飛ばした。

さらに、もうひとりの賊が正面から撃ちかかってきた。慎之介は欅《けやき》の幹を盾にしてまわり込むと、すさかず突きを送り込んでやった。

相手はその峻烈《しゅんれつ》な一撃をかわしきれずに、無様に尻餅《しりもち》をついた。

「いったいなんの真似だ！」

慎之介は尻餅をついた賊に、刀を突きつけて怒鳴りつけた。

「そこまで」

他のところから声がした。

激しく肩を上下に揺らしながらそっちを見ると、お松だった。

「みんな、もういいよ」

お松がそういうと、三人の賊が刀を下げて、鞘に納めた。

「なんだ、これは……」

慎之介は憤りも露《あら》わにお松をにらんだ。

「あんたの一刀流の腕が知りたかっただけだよ。だけど、これでよくわかった」

お松はゆっくり近づきながらいった。その口許に、小さな笑みを浮かべている。

「何がよくわかっただ。ふざけた真似しやがって。おれを試したのか」

「そういうこと。悪く思わないでおくれ。岡部様が買われた男の腕が、いかほどであるのか知りたかっただけだから」

「くそッ、腹の立つことを……」

慎之介はようやく刀を鞘に戻した。

「それにしてもひどい挨拶《あいさつ》だ」

「悪く思わないでよ。これからのことを考えると、いっしょに動くことになるかもしれない仲間のことは気になるじゃないさ」

「まだ、仲間になるとは決めていねえよ」

「それじゃどうするのさ？　返事は今日することになってるんだよ」

「お松、こんなところで立ち話はないだろう。場所を変えよう」

そういって前に進み出てきたのは、下駄面《づら》の大久保常蔵だった。

「なんだ、あんたもいたのか……」

慎之介は常蔵をにらんだ。襲ってきた三人の影のひとりだったのだ。

「岡部様から返事を聞くようにいわれている。ついてきてくれ」

常蔵はそういって先に歩きだした。

忌々《いまいま》しいことを、と腹の中で毒づく慎之介は、口のあたりを手の甲で拭《ぬぐ》ってあとにしたがった。

三

そこは常盤橋《ときわばし》御門の外に位置する、本町《ほんちょう》一丁目にある紅梅《こうばい》という料理屋だった。すぐそばには金座となっている後藤《ごとう》家の屋敷があった。

豪勢な料理屋だ。廊下も柱も総檜《そうひのき》なら、欄間《らんま》の意匠《いしょう》も襖《ふすま》も凝っていた。

「こんなところにすげえ料理屋があったもんだ」

慎之介は驚きを隠しきれない顔で、案内された座敷に収まった。

みんな着流しの浪人の風体《ふうてい》（お松だけは女とわかる身なりだが、それでも男勝りの粋な小袖姿だ）だが、女中はいやな顔ひとつせず、

「では、ごゆるりとお過ごしください」

と、丁寧《ていねい》に頭を下げて座敷前から立ち去った。

すでに座敷には五人分の茶菓が用意されていた。

「手短に話を進めましょう」

お松がそういって、常蔵を除いた二人の男を紹介した。

ひとりは中村玄太郎《なかむらげんたろう》。濃いゲジゲジ眉に、落ちくぼんだ目をしていた。

もうひとりは戸根英三郎《とねえいざぶろう》という名で、面長《おもなが》で少し受け口をした男だった。二人とも三十前後に見えた。

「で、先に返事を聞きましょう。それ次第で、わたしたちはこのまま去るか残るかするから……」

お松がそういって、慎之介を見つめてくる。

「岡部様の話を受けなきゃ、このままおれの前から消えるってことか」

「そうよ」

お松は蓮《はす》っ葉《ぱ》に答えて、茶に口をつけた。他はともかく、ぷっくりした下唇にだけ色気がある。慎之介はそのお松から常蔵、玄太郎、英三郎と視線を移していった。

「おれは公儀の政には疎《うと》いが、それなりに調べさせてもらった」

「徒目付が動いていたものね。それであの徒目付、なにを教えてくれた？」

「なんだ、先刻承知《しょうち》の助《すけ》ってやつか。あきれるね。てことは、おれはずっと尾けられていたってわけか」

「ずっとじゃないけど、まあ目を離さない程度に見張ってはいたわよ。それで、どうするんだい？」

慎之介は一度大きく息を吐いて、

「ま、一枚嚙《か》んでもいいと思っている」

と答えた。

お松は常蔵らと一度顔を見合わせてから視線を戻した。その口許に、さっきまでなかった小さな笑みが浮かんでいた。

「だが、ひとつだけ教えてもらいたい。岡部四郎三郎様は誰の指図で動いているんだ。あの人が勝手に考えて動いているわけじゃないだろう」

「それはあんたの様子を見てから教えてあげるよ。いまここではいえないわ」

話を進めるのはお松だ。この中では常蔵が一番の年長に見えるが、その常蔵は静かに口を閉じ、お松にまかせきりの体《てい》である。

「ま、いいだろう。それじゃこれからどうすればいいんだ。お松といったな、おまえさんの指図にしたがって動くってことかい？」

「そんなときもあると思う。だけど、仲間となってあんたは動くと決めたんだね」

「そういっただろう」

「……わかったわ。それじゃ、今夜はこれでお開きでいいわ」

「おいおい。ずいぶんあっさりしたことをいいやがる。おれを脅しておいて、そして、こんな豪勢な料理屋に連れてきたんだ。うまい酒と肴《さかな》を馳走《ちそう》になりてえじゃねえか」

「そうしたかったら、自分の金で遊ぶことだね。だけど、あんた、意外に頼り甲斐《がい》がありそうじゃない。さっきの立ち回りを見て、ただ者じゃないとわかったもの」

「おれのことをどこまで知ってる？」

慎之介はお松を見つめた。

「おおよそのことは知ってるよ。何もかもってわけじゃないけどね」

「気色悪いね。おれの知らねえところで、いろいろと調べられたってわけか。まさか臍《へそ》の下にある黒子《ほくろ》まで、知ってるってんじゃねえだろうな」

慎之介は小皿にのっている羊羹《ようかん》を、ぽいと口に放り込んだ。

「うん……」

羊羹を口に入れたとたん、目をまるくした。うまかったのだ。

「冗談が好きな男なんだね。でも、明日は使いをやるから家にいてくれるかな。朝の早いうちにあんたに知らせがあるはずだから」

「家にいりゃいいんだな」

「そう」

「それでほんとに、これでお開きかい」

「もう用事はすんだから」

「なんだ、もったいねえじゃねえか。そんなことならわざわざこんな店に来ることはなかっただろうに」

「まったくね」

お松はひょいと首をすくめて同意した。

(ほう、結構可愛いところがあるじゃねえか)

慎之介は内心でつぶやく。

「それじゃしかたねえ。おれはその辺で引っかけて帰ることにしよう。で、おれはこれからおまえさんらと始終顔をつきあわせることになるのかい?」

「ときどきそうなると思うわ」

「ふん、なんだか要領を得ねえが、まあいいだろう」

「何か聞きたいことがあったら聞いてもいいわ。答えられることには答えるから」

「おいおい、さっきはもうお開きだっていったのに、まったく可愛いこといいやがる」

慎之介は妙に愉快な気持ちになり、からからと乾いた声で笑った。

すると、お松が驚いたように目をまるくした。

「だって、そういったじゃねえか。じゃあせっかくだから聞くが、おれたちが相手にするのは出羽守様なんだな」

お松は啞然《あぜん》としていた顔をゆっくり、もとの表情に戻してから答えた。

「行き着くところはそうよ」

「……ふむ、なるほどね。ま、それじゃお開きだな」

今度は慎之介がいって、先に腰を上げた。

四

表に出ると、慎之介はさっさと河岸道に向かった。だが、すぐに脇の路地に飛び込んで表を窺《うかが》う。

お松らは室町《むろまち》のほうへ歩き去った。慎之介は適当な距離を置いてあとを尾けた。

室町に出ると、中村玄太郎と大久保常蔵は、右へ曲がり日本橋方面に歩き去った。お松と戸根英三郎はそのまままっすぐ本町通りを進む。

慎之介は迷わず、お松と英三郎のあとを尾ける。前を歩く二人は、ときどき短い言葉を交わしていた。

（あの二人もしや……）

できているのか、と慎之介は下衆《げす》の勘繰《かんぐ》りをする。

それはどうでもいいことだが、もう少しお松から話を聞きたかった。さっきの様子から察すれば、仲間を仕切っているのは、お松と考えてもいい。

本町三丁目を過ぎ、四丁目に入った。ところどころにある料理屋や居酒屋から、にぎやかな声といっしょに灯りがこぼれている。通りを行き交う人の数は、昼間に比べるとぐっと少ない。

大横町《おおよこちょう》と交叉《こうさ》する四つ辻《つじ》で、英三郎は右に曲がった。お松は左だ。慎之介は英三郎を無視して、お松を尾ける。

お松はそのまま北へ歩いた。自宅に向かっているのか、これから誰かに会うのかわからない。慎之介は足を早め、お松との距離をどんどん詰めた。

「おい、お松」

声をかけたのは、本石町《ほんこくちょう》四丁目に入ったところだった。

お松の肩がぴくっと動き、さっと振り返った。目に小さな驚き。

「どこ行くんだ？　帰るのか？」

「何よ。尾けてきたの……」

「油断のしすぎだぜ。大きな仕事をやろうってときに……」

慎之介はお松のそばへ行って立ち止まった。

「何か用？」

「用があるから尾けて来たんだ。ちょいと話がしたい。それとも急ぎの用でもあるのか？」

お松はあきれたというように嘆息をして、視線をあらぬほうに向けてから、慎之介に顔を戻した。

「用はないわ」

「だったら付き合え」

慎之介はそのままお松の脇を通り過ぎて歩いた。お松は少し迷ったようだが、あきらめたようについてきた。

大伝馬塩町《おおでんましおちょう》に入ったところに居酒屋があった。軒行灯《のきあんどん》に摂津屋《せっつや》と書かれている。慎之介は迷わず暖簾をくぐった。

いらっしゃいまし、と、ころころ太った女が声をかけてきた。小さな店だと思ったが、奥行きがあり、十二畳ほどの入れ込みで客たちががやがやと騒がしく飲み食いしていた。

慎之介は空いている土間席に腰を据え、飯台を挟んでお松と向かいあった。太った女に、酒二合と適当に肴を見繕《みつくろ》うようにと注文した。

「飲めるんだろ」

「少しは……」

お松はそう応じたあとで、用があるなら早くすませてくれという。

「そう急《せ》かすことはねえだろう。夜は長いんだ」

「いったいなんの話があるっていうの」

お松はまばたきもせず凝視してくる。黒い瞳が燭台の火灯りを映していた。

「岡部様はいなかったな？　てっきりあの店にいるもんだと思ったんだが……」

「いたわ」

お松はさらっといってのけた。

慎之介はぴくっと片眉を動かした。

「ひょっとして、おれたちのやり取りを聞いていたってんじゃないだろうな」

「隣の客座敷にいたわ。話は筒抜けよ」

慎之介はふうーっと息を吐いた。

「なぜ、姿を見せなかったんだ？」

「これから先はめったに顔を合わせないほうがいいからよ」

酒が届けられた。お松が慣れた手付きで酌《しゃく》をしてくれ、自分の盃にもついだ。

「それじゃお近づきの印に……」

慎之介は片目をつぶって、にやりと笑い、盃を掲げて口をつけた。お松はにこりともせず酒を飲む。

「なぜ、おれを仲間に選んだ」

「もういってもいいだろう。おれは仲間になると決めたんだ。隠しごとはなしにしようぜ」

「岡部様が決められたことよ。わたしにはよくわからないわ。でも、きっと……」

「………」

「なんだ」

慎之介はじっとお松を見つめる。ぷっくりした唇が酒で濡れていた。

「ひとつはあんたが中西派《なかにしは》一刀流《いっとうりゅう》の手練《てだ》れだからでしょう。もうひとつは、仕官もせず浪人のような暮らしをしているからじゃない。出羽守とは縁もゆかりもないし、公儀役人との付き合いもない」

「まったくないわけじゃないぜ」

「知ってるわ。でも、相手はたいした身分じゃない。岡部様にしてみれば、取るに足らない人間ってとこかしら……」

「すると、岡部様は今度の件に直《じか》には関わらない。陰から指図をするだけってことか。そして、岡部様にも指図をしている人間がいるってことじゃないか」

慎之介はお松の腹の底をのぞくような目になっていう。

「いってみれば、おれたちは得体の知れない人間ばかり。おまえも、そして大久保常蔵も、あとの二人も、どうにも正体のあやしい人間だ」

肴が届けられた。里芋と牛蒡《ごぼう》とこんにゃくの煮物、鰈《かれい》の煮物、香の物。

「いったい何を知りたいっていうの？」

小女《こおんな》が下がったのを見て、お松は口を開いた。そのまま慎之介に酌をして、また自分で独酌した。

「おまえの知っていることすべてだ」

お松はあきれたという顔をして口を開いた。

「わたしが知っていることは少ないわ。それに明日からどんな動きをすればいいかも、わたしにはわからない。お指図を待って、それにしたがって動く。ただそれだけのことよ。いまからあれこれ気をまわしても無駄ってもんよ」

「ふん、なんだか謎めいた仕事だね。それじゃ、そのお指図とやらをのんびり待てばいいってわけか。で、おまえさんはどこの出だ。侍の娘にしちゃ、蓮っ葉な女だが」

「生意気な女でしょう」

「自分でわかってりゃ世話ねえ。だが、おれはそんな女が嫌いじゃない」

慎之介は微笑《ほほえ》みを投げる。

「なにさ、口説いてるんじゃないでしょうね」

「そう思うんだったら、それでもいいさ」

いきなりお松の手が飛んできて、慎之介の頬が鳴った。

「お安く見るんじゃないよ」

お松は蹴るように立ち上がって、そのまま店を出ていった。近くにいた客がきょとんとしていた。

慎之介は酒を一気に飲むと、

「とんだ、じゃじゃ馬だな」

と、苦笑した。

五

翌朝早く、腰高障子《こしだか》がたたかれた。

慎之介が戸口に出ると、六、七歳と思われる子供が、これ、といって一通の文《ふみ》を差しだしてきた。

「坊主、どこでこれを頼まれた?」

「たまちゃんの前」

「竜閑橋の団子屋の前ってことかい？」

小僧はうんと頷くと、そのまま逃げるように駆け去っていった。

慎之介は文を開いた。何とも短い走り書きである。

――石町《こくちょう》　時の鐘
書かれているのはそれだけだった。

慎之介は口を引き結んで、一度空をあおぎ見て部屋に上がると、すぐに着替えにかかった。文は時の鐘のそばに来いということだろう。

小袖の帯を締めると、差料をつかんで家を出た。

「こっち」

時の鐘の近くに来たとき、脇の路地からお松が姿を見せて、顎をしゃくった。にこりともしない仏頂面《ぶっちょうづら》だった。

「昨夜《ゆうべ》はご挨拶だったな。小僧を遣わしたのはおまえか？」

「わたしじゃないわ」

お松はそのまますずんずん歩く。まったくの愛想のなさだ。

通りに並ぶ商家は、どこも開店の準備に追われていた。通いの奉公人や職人たちが、長屋の木戸口から吐き出されるように姿をあらわしていた。

向かったのは本銀町《ほんしろがねちょう》四丁目にある山形屋《やまがたや》という書物屋《しょもつや》だった。暖簾と腰高障子に山形屋伝八《でんぱち》という主の名が見えた。

店に入ると、すぐ脇の階段を上がって二階に案内された。

その二階の狭い奥座敷に、男たちが集まっていた。常蔵と昨日初めて会った中村玄太郎、戸根英三郎の他に、もうひとり新しい顔があった。

その男は上座に座っていて、座敷に入った慎之介が座るまで目をそらさなかった。色が黒く、顴骨《かんこつ》の張った大きな顔に、鷹《たか》のような鋭い目を持っていた。

「そのほうが桜井慎之介か。いい面構《つらがま》えをしておる」

「そりゃどうも……で、あなたは？」

「井上天兵衛《いのうえてんべえ》と申す。これからおまえたちをおれが差配する。そう心得ておけ」

天兵衛は有無をいわせぬ口調で切り出し、ずるっと茶を飲んでつづけた。

「それからおまえたちの命、おれが貰《もら》い受ける。これからのことはかまえて他言ならぬ。もし、この約束を破ったら命はないと心得ろ」

天兵衛は野太い声でいって、ひとりひとりを品定めするように眺め、よいな、と念を押す。

「ちょいお待ちを、井上さんとおっしゃるようですが。あなたはいったいどういう素性の人なんです」

慎之介だった。

「おれは浜松《はままつ》藩の雇われ人だ。五年前、一年だけ国許で剣術指南をやっておった。そのお陰で、禄《ろく》をもらっている」

「ほう、するとこの仕事は水野越前守《えちぜんのかみ》様からのお指図ということですか？」

「さよう」

天兵衛はあっさり認めた。

「だが、おれ以外の者は越前守様の家臣ではない。細かいことをいえば、おれも家臣というより、藩のおこぼれを頂戴《ちょうだい》している身分だ。だからこそ、この役目をいただいた。そう考えておる。前置きは抜きにして、やることはわかっておろうが、もう一度いっておく。おれたちの目論見《もくろみ》は、老中首座にある水野出羽守とその一派を失脚させることだ」

「…………」

全員、沈黙する。

「詳しく話さずともおおよそのことは知っていると思うが、出羽守は悪政をはびこらせている。費《つい》えは放漫きわまりなく、天下を治める幕府の屋台骨は傾きつつある。それを防ぐために、一日も早く手を打たなければならぬ。だが、上様から厚い信を受けている出羽守をいまの地位から引きずり下ろすのは至難の業《わざ》。また面と向かって諌《いさ》める重臣らもいない。ならば、他の手を打つしかない。よって、おれたちがひそかに動くことになった」

全員、天兵衛に注目したままだ。

「さっきもいったが、この役目には水野越前守様の思いが込められている。そして、越前守様はいずれ将軍を継がれるであろう家慶《いえよし》様とご昵懇《じっこん》である」

「すると、この仕事には、家慶様の思惑も含まれているということですか」

「そう思うのは勝手だ。だが、当たらずといえども遠からずであろうが、その辺のことはおれにもわからぬ。前置きはこの辺にして、これからのことを話す」

天兵衛は懐から一枚の半紙を出して広げた。

お城を中心に描かれた簡略な地図だった。

「出羽守はもう七十という高齢だ。つまり爺様だ。そして、出羽守に与《くみ》している側近も爺様ばかりだ。そのなかでもおれたちが相手にするのは、まず、遠江相良《さがら》藩藩主で西の丸の側用人《そばようにん》・田沼玄蕃頭《げんばのかみ》様。七十三の爺様だ。屋敷は飯田町黐木坂《いいだまちもちのきざか》下《した》」

天兵衛は地図を指で示した。

みんな身を乗り出してのぞき込む。

「もうひとり、こちらは少し若いが、三河西尾藩《みかわにしお》藩主で老中の松平和泉守《いずみのかみ》様。上屋敷は鍛冶橋《かじばし》御門内大名小路《だいみょうこうじ》」

天兵衛が同じく屋敷のある場所を指さす。

「そして、頭目《とうもく》の出羽守の屋敷も大名小路。この三人の権勢を何としてでも弱めなければならぬ。今日からの数日、おれたちはこの三人の顔を瞼《まぶた》に焼きつけるとともに、その動きを見張る。まずは敵を知ることからはじめる」

「当然、分かれてやるんでしょうね」

お松だった。

「三組に分けよう」

天兵衛はそういって、

「おれと戸根英三郎が、田沼玄蕃頭をやる。常蔵と玄太郎、おまえたちは松平和泉守を頼む。そして、お松と桜井は出羽守を頼む」

指図を受けた慎之介が横を見ると、お松が不満そうに頬をふくらませていた。

「この店を当面の連絡《つなぎ》の場とする。出入りは裏の勝手口を使う。主の伝八はおれたちが何を企《たくら》んでいるか知らぬから、余計なことはいわなくていい。それに伝八にはたっぷり鼻薬を効かせてある。では、早速取りかかる」

六

その日、慎之介とお松は、出羽守の顔を確認した。

しかし、容易なことではなかった。出羽守の屋敷は、諸国大名家の屋敷群の中にあるので、浪人の風体で歩けば目立つし不審がられる。

そこで行商人に変装することにした。大名家には御用達《ごようたし》の棒手振《ぼてふり》もいれば、担《にな》い売りもいるし、御用聞きも出入りする。日中の大名小路には結構行商人の姿があるものだ。

慎之介は貸本屋のなりになり、またお松もその付き添いの恰好をして大名小路を流し歩いた。慎之介が手拭《てぬぐ》いでほっかむりをすれば、お松は菅笠《すげがさ》を被《かぶ》って歩いた。

また、同じところを何度も通れば不審がられるので、その辺にも神経を使わなければならなかった。

初日に出羽守の顔を見ることができたのは、幸運といってよかった。

その日、出羽守は五つ半（午前九時）ごろ、上屋敷を出た。乗物（駕籠《かご》）に乗ってのことなので、顔は見ることができなかったが、早まわりをして辰之口《たつのくち》から大手門《おおてもん》前に出て、大名家の家臣が待合所にしている控え場で待っていると、やがて出羽守一行がやって来た。

さすが老中首座、警護の侍に箱持ち、草履《ぞうり》取りなど三十数人がついていた。しかし、大手門前でその半数が立ち止まって、出羽守の乗物を見送ったのだが、その際、出羽守が簾《すだれ》を上げて、供侍のひとりを呼びつけ、何やら短く耳打ちしたのである。

遠目ではあったが、慎之介はその顔を凝視し、脳裏に焼きつけた。

薄くなっている髷は白く、肩幅も狭そうで、小柄な老人に思われた。眠たげな目に、強情そうな大きな口が印象に残った。

登城の際にはそれだけを確認したが、下城時にも慎之介とお松は出羽守を見ることができた。

下城した乗物が屋敷前に着いたのは、夕七つ（午後四時）前だった。表門が大きく開かれ、乗物はそのまま屋敷内に吸い込まれるものだと思っていたが、どういうことか出羽守が乗物を降りたのだ。

それから大きく背を伸ばすように両手を上げ、一度お城のほうを振り返って、ゆっくり屋敷内に足を運んでいった。足取りは普通だったが、やや猫背気味で歩く姿は老人のそれだった。

(ずいぶん老いぼれだな)

慎之介は内心でそう思ったが、その老人が将軍に次ぐ幕府権力をにぎっている男なのだ。

天兵衛と英三郎は、側用人の田沼玄蕃頭を翌日に確認し、同じ日に常蔵と玄太郎が松平和泉守の顔を確認することに成功した。

しかし、登城時や下城時にその三人に接近することは、不可能に近いことが判明した。もし天誅《てんちゅう》を加えるために襲撃するとしても、成功の望みはうすかった。

慎之介らを指揮する天兵衛は、方針を変えることにした。

「出羽守と玄蕃頭は年のせいか、いまや屋敷と城の行き来の毎日だ。市中に出て遊行《ゆぎょう》することは年に数度しかないという」

天兵衛は苦々《にがにが》しい顔でいう。

連絡の場にしている山形屋伝八の二階奥座敷である。

「暗殺を企図するなら、その二人はおそらく難しいでしょう」

めずらしく口を開いたのは、常蔵だった。閉め切った窓から漏れ射す光の条《すじ》が、常蔵の四角い顔にあたっていた。

「常蔵、おれたちは暗殺をするのではない。早まった考えは捨てることだ」

「では、相手の弱みをにぎらなければなりません。それをどうするかでしょうが、何か考えがあるのでしょうか？」

「その辺の探りはひそかに行われている。そこで岡部様と相談のうえ、考えを変えることにした。出羽守失脚には、老いぼれた本人ではなく、出羽守を支え、また頼っている二人に絞ることになった。この二人にはまだ油断がある」

「それは……」

お松がつぶやくようにいって、光る目を天兵衛に向けた。

「老中の松平和泉守は変わらぬが、もうひとり老中の松平周防守康任様を狙う。周防守は石見浜田藩藩主。江戸屋敷は西久保江戸見坂《にしくぼえどみざか》にある。年も和泉守と変わらぬ五十三、四だ。とくに周防守は殿様と馬が合わないともいう。当初の予定から外していたのは、あからさまな動きを殿様が嫌われたからだ」

天兵衛のいう殿様は、水野越前守忠邦《ただくに》のことである。

「暗殺は考えにあるのですか？」

常蔵だった。

慎之介はその常蔵のごつい顔を見た。

（こやつ、よほど殺しが好きなのか……）

そう思わずにはいられなかった。

「暗殺は考えにない」

天兵衛は常蔵の疑問をあっさり否定した。

玄太郎と英三郎が、揃ったように「ふう」と息を吐き出した。落胆なのか、安《あん》堵《ど》の吐息だったのか慎之介にはわからなかった。


行動はすぐに起こされた。

慎之介とお松、そして戸根英三郎が、松平周防守康任を担当することになったのだ。他の三人は、松平和泉守を見張り、お城外での素行を綿密に調べることになった。

「弱みといっても今日明日に見つけられるわけでもないだろう。もっと何か弱みをにぎる手掛かりがあればいいいんだがな」

慎之介はのんびりした顔で茶を飲む。

すでに空は暮れ色に染まっていた。西日が道行く人の影を長くしていた。

石見浜田藩上屋敷そばの茶店だった。目の前は西久保通りで、通りを挟んで天《てん》徳《とく》寺《じ》門前町があった。

慎之介たちのいる茶店は西久保車坂町《くるまざかちょう》にあった。その町の隣が、広大な浜田藩上屋敷だ。

屋敷の裏、つまり西側に江戸見坂があった。

「おそらく弱みはいくつかあるはずよ。殿様はしっかりつかんでるに決まってるわ」

お松が無表情にいう。殿様というのは、やはり水野越前守忠邦のことである。

「それにしても殿様と出羽守は、同じ血筋じゃないのか？」

英三郎が受け口をお松に向けていう。

「同族で同門よ。殿様は出世をするために、出羽守をうまく使ったのよ。唐津《からつ》藩から浜松藩への転封《てんぽう》も、三年前西の丸老中に就かれたのも、出羽守の力があったからよ。三十五歳で西の丸老中だから、大変な出世だわ」

「それだけ秀《ひい》でた才があるってことだろう」

「賄があったんだろう。これまでの話から考えりゃ、出羽守は賄を好むようだからな」

慎之介だった。

そのことにお松は異を唱えず、むしろ同意するように話した。

「殿様は相当の金を使ったらしいわ。それに転封の際には家臣たちの反撥《はんぱつ》も買っているようだけど、うまくかわされている」

「詳しいな」

慎之介は感心するが、詳細を聞こうとはしなかった。

他人の出世物語にはあまり興味はない。それより、自分の夢を叶えるために水野忠邦の力を借りられるかどうか、というところに期待があった。

養護所設立には、ぜひともお上の公許を受け、またその後の支援も望みたい。

しかしながら、水野忠邦の転封は大きな賭けだったようだ。なにしろ実封《じっぽう》二十五万三千石から実封十五万三千石への国替えである。家臣の反対は強く、二本松《にほんまつ》義廉《よしかど》という家老は忠邦の暴挙を諫《いさ》めるために自らの腹を切ってもいた。

それでも反対を押し切ったのは、忠邦の出世欲がなみなみならなかったからである。さらに転封に際しても、老中に就任するまで、忠邦は猟官《りょうかん》運動（賄賂）

を進んで行っている。しかし、浜松転封と同時に寺社奉行に就任すると、官職を得ようとする他国の大名や旗本からの賄賂を受け取れる立場となり、家臣の不満をやわらげていた。

傾いていた日が、急に没した。

少なくなっていた蜩の声も、日没に合わせるようにぱたりとやんだ。

浜田藩上屋敷の表門が大きく開いたのは、それから間もなくのことだった。

「周防守じゃないか」

ハの字に開いた表門を見て、英三郎が目を光らせた。

慎之介とお松も注意の目を向けた。

案の定、乗物が表にあらわれた。登下城時に比べ、供の数は少ない。乗物の前後にいるのは六人の侍のみだ。

「尾けよう」

乗物を見送ったあとで、慎之介は刀の柄《つか》に手を添えて立ちあがった。

七

松平周防守康任を乗せていると思われる乗物は、西久保新下谷町《しんしたやちょう》を右に曲がり東へ進んだ。鎧《よろい》小路と呼ばれる道だ。

両側は大名屋敷と旗本屋敷ばかりである。夕靄《ゆうもや》が濃くなっている。空には月だけでなく星も見えるようになった。

乗物は迷わず東に進んでゆく。鎧小路から佐久間小路を進む。

（どこへ行くんだ……）

慎之介の内心のつぶやきに答えるように、

「日陰町《ひかげちょう》の料理屋に行くのかもしれないわ。あそこは金持ち相手の料理屋が少なくないから」

といった。

日陰町は東海道沿いの芝口《しばぐち》二丁目から柴井町《しばいちょう》の西側に面する町屋の俗称である。

「思いの外《ほか》早く動いてくれたので、楽しみだ」

「遊びじゃないんだから」

お松が戒《いまし》めるように厳しい目を向けてきた。慎之介は首をすくめた。

乗物は和泉町《いずみちょう》の先にある広小路を過ぎ、稲荷《いなり》小路に入った。両側は大名屋敷と旗本屋敷の長塀である。人通りはほとんど絶えている。

慎之介ら三人は乗物から一町ほど距離を置いていたが、少し足を早めた。乗物が先の辻を右に曲がって見えなくなった。

「そこもとら、待て」

突然、背後から声が飛んできた。

慎之介が振り返ると、四人の侍がすぐ後ろから迫ってくるところだった。

（これはしたり）

慎之介が唇を嚙めば、お松がまずいわ、とつぶやいた。

「どうする？」

英三郎が狼狽《うろた》えたように慎之介とお松を見た。相手は周防守の家来だとわかった。乗物から離れて護衛につく供侍には、まったく気づかなかった。

呼び止められるのはまずい。

「知らぬふりをして歩こう」

慎之介は顔を前に戻していったが、背後から来る侍たちの足音が、乱れるように接近してきた。

「待てといってるのだ！」

今度は怒声だった。

「逃げろ」

慎之介はお松と英三郎に注意を与えて駆けようとしたが、英三郎が刀を抜いて立ち止まったので、やり過ごすことができなくなった。

背後を見ると、四人の侍がほぼ同時に刀を抜き払っていた。

「曲者《くせもの》と見た。遠慮することはない」

周防守の家来のひとりがいえば、他の家来が捕らえるのだ、と仲間を鼓舞《こぶ》した。同時に刀を振りかざして襲いかかってきた。

「おまえは逃げるんだ」

慎之介はお松を突き飛ばしてから、撃ちかかってきた相手の刀を撥ね返した。

英三郎も撃ちかかってきた相手の刀を受け止め、鍔迫《つばぜ》りあいをはじめていた。

だが、他の二人の家来が、お松を追いかけていった。

(いかん!)

と思った慎之介は、向かってくる相手の刀をすり落として、腹を蹴りあげると同時に腕をつかみ取って大地に投げつけた。

刃傷《にんじょう》に及べばあとに響くと思ってのことだった。投げられた周防守家来は、腰をしたたかに打ちつけて立ち上がれないでいた。

英三郎は相手の斬撃をかわし、反撃に出、それをかわされると、また刀をぶつけるように刃と刃を嚙み合わせていた。

「大丈夫か？」

声をかけると、英三郎は心配には及ばぬと声を返してきて、相手に突きを送り込んだ。

英三郎のほうが一枚上手のようだ。慎之介はその場をまかせて、お松の逃げた方角に駆けた。

すぐ先の辻を右に曲がると、周防守家来と思われる二人の姿が垣間《かいま》見えた。

慎之介は一度刀を鞘に戻して駆けた。お松が捕まるのはまずい。拷問《ごうもん》にかけられたら、いくら気丈なお松でも耐えられないはずだ。

（どこだ。どこへ行った？）

慎之介は日陰町通りに出たところで立ち止まった。

片側に列《つら》なる商家のところどころに、料理屋の看板行灯や軒行灯のあかりがある。人の往来は多くないが、お松の姿は見あたらない。それにお松を追っていた周防守家来の姿も見えなくなっていた。

慎之介は目を皿にして、東海道まで足をのばした。そこにもお松の姿は見えなかった。しかし、周防守の家来と思われる二人の男が、通りにあらわれた。

相手は慎之介に気づいていないようだ。慎之介はその二人のほうに歩いていった。

と、二人は日陰町通りのほうへ後戻りして、また姿が見えなくなった。

慎之介は駆けて、二人が消えた路地に飛び込んだ。狭い路地で商家と長屋の塀がつづいている。途中に小さな居酒屋が身をひそめるように暖簾を上げていた。

お松を追う二人の姿はまた見えなくなった。慎之介は再び日陰町通りに出た。

左右を見てどっちに行くか考えあぐねた。お松のことも心配だが、英三郎のことも気にかかる。

（どこだ？）

右に歩いてみた。

居酒屋からにぎやかな声が漏れてきて、それに高笑いする女の声が被さった。

慎之介は遠くに目を凝らした。

後《うし》ろ襟《えり》をつかまれたのは、そのときだった。抗《あらが》おうとしたが、すぐに脇路地の暗がりに引き込まれてしまった。

第三章　御用金襲撃

一

「騒ぐんじゃないよ」

　声はお松だった。

　慎之介は盆《ぼん》の窪《くぼ》あたりと、肩関節のツボを押さえられているだけなのに、何の抵抗もできなかった。

「放せ」

　慎之介がいうと、お松がゆっくりツボから手を離し、大きな声出すんじゃないよとたしなめた。

「何だ、おまえ柔術《じゅうじゅつ》ができるのか……」

慎之介は肩のあたりを揉みながらお松を見た。この柔術は、現代の柔道ではなく合気道《あいきどう》に近いものだった。相手の手首や腕などの関節のツボを押さえ、また相手の力を逆利用して倒したり投げる技である。

「英三郎さんはどうしたの？」

「わからねえ。おれはおまえが心配になって追ってきただけだ。だが、英三郎さんが相手していた男はさほどの腕はない。おそらく大丈夫だ。それよりやつらは？」

「うまくやり過ごせたみたい」

「やつら、周防守の家来だろうな」

「そうよ。わたしを追ってきたやつら、殿のあとを云々《うんぬん》という声を聞いたから、間違いないわ」

「二段構えの警固をしているってことか……。それで、周防守はどこだ？」

お松はわからないと首を横に振った。

「それじゃ乗物を探すか」

「待って、今夜はやめましょう。それに英三郎さんのことが気になる」

「それも、そうだ」

二人はその場でしばらく様子をみた。先程の二人も、他の家来らしき男たちの姿も通りには見えなかった。

慎之介とお松は路地を出ると、さっき襲われた稲荷小路まで戻ってみた。しかし、通りには誰もおらず、英三郎の姿もなかった。

（まさか捕まったなんてことは……）

慎之介と同じことを思ったのか、お松が緊張した目を向けてきて、山形屋に戻ろうといった。慎之介に異存はなかった。

山形屋はすでに店仕舞いをしていて、主の伝八も使用人の姿もなかった。裏口から二階の奥座敷に上がると、すぐに声が飛んできた。

「桜井か？」

英三郎の声だった。

慎之介はほっとしてそうだと応じ、お松もいっしょだといった。

奥座敷に入ると、英三郎が顔を向けてきた。

「おまえたちのことが心配になったので、まっすぐここに戻って来たのだ。やつらは？」

「うまくまきましたよ。無事でよかったです。で、相手はどうしました？」

「腕を斬ったら、それで戦うのをやめて逃げていった」

「天兵衛さんたちは、どうしてるのかしら?」

「さあ、それは聞かれてもわからぬ。だが、和泉守を見張っているのだろう」

答えた英三郎は、受け口の下にある顎をつるっと撫で、これからどうする、と慎之介とお松を交互に見た。

「向こうは天兵衛さんらにまかせて、おれたちはお開きでいいんじゃねえか。腹も減ってるし」

慎之介がそういえば、

「そうね。待っていてもしかたないと思うわ。あの人たちがどこにいるのかもわからないんだから」

と、お松もいう。

じゃあ、そうするかということで、三人は引きあげることにした。

表に出ると、慎之介はいっしょに飯を食うか、と英三郎に声をかけたが、遠慮するといって歩き去った。

「あの人、人付き合いが苦手なのよ」

英三郎を見送るお松がいう。

「おまえはどうする?」

「いいわ。ちょっと疲れたし……」

慎之介とお松は、どちらからともなく歩きだした。

夜の闇は濃くなっている。道のところどころが、軒行灯や料理屋の障子からこぼれる灯りで、ほの白い縞目《しまめ》になっていた。

行き先を決めたわけではないが、神田堀のほうに歩き、目についた居酒屋に入った。

年老いた夫婦が切り盛りしている小さな居酒屋だった。

二人は小上がりに腰をおろして、向かいあった。お松がまかせるというので、慎之介は適当に注文した。

酒を酌み交わすと、慎之介はお松をまっすぐ見た。

「何よ」

「何でもねえが、何でおまえが仲間にいるのかがわからねえんだ」

「女も必要なのよ。男では用をなさないときもあるからじゃないの。わたしは稼げればいいだけのことだから……」

お松は醒《さ》めた顔でさらりという。

「金か……」

「あんただってそうじゃないの。耳にしたんだけど、何かやりたいらしいじゃない。そのために小銭を稼いでるって……」

「小銭か……小銭じゃできねえことだ」

「何をやりたいの？」

お松は唇の前で盃を止めて見つめてくる。

「江戸には孤児《みなしご》がいる。数え切れねえほどだ。道を踏み外して育つ子もいりゃ、そうでない子もいる。だが、大概《たいがい》の子は小さいうちに死んでしまう。孤児は捨てられたんじゃない。火事で焼け出されたり、大水で家を流されて両親を亡くしたりといろいろだ。もちろん親に捨てられる子もいるが、幼い子に罪はない。幕府は金のない貧乏な病人たちのために、小石川養生所《こいしかわようじょうしょ》を造った。おれは孤児たちのために、養護所を造りたい」

お松の目に驚きの色があった。

「なぜ、そんなことを思い立ったの？」

「おれは旗本の家で育ったが、もともとは孤児だった」

慎之介は静かに酒をほした。

「そうだったの……」

しんみりというお松の目から、いつもの険《けん》が取れていた。

「おまえだって何か目当てとか夢があるから、この仕事を受けたんじゃないのか」

「さあ、それはどうかしら……」

お松は視線を外して、酒に口をつけた。

痩《や》せた女将《おかみ》が料理を運んできた。煮物や佃煮《つくだに》の類《たぐ》いだった。

「……あんた、ちゃんとしたこと考えてたんだ」

お松はぽつりとつぶやくようにいって、煮物に箸をつけた。

慎之介はお松との間にあった、目に見えない溝が少し埋まったような気がした。

二

「今夜、和泉守と周防守が密会することがわかった」

天兵衛は集まった者たちをひと眺めして、開口一番にいった。

翌朝のことだった。例の山形屋の二階奥座敷である。

「場所は木挽町《こびきちょう》にある料理屋三河屋だ。おれたちは料理屋に入り込み、どういう密約が交わされるか、それを調べる」

「なぜ、そのことがわかったんです？」

慎之介だった。さっと天兵衛が顔を向けてきた。

「昨夜、松平和泉守は、両国の貸座敷に芸者を呼んで派手な宴会を催した。招かれたのは市中の俳諧師《はいかいし》や絵師といった者たちばかりだった。その席にはたびたび使いの者がやって来て、店を出入りした」

「まさかその使いを……」

お松の言葉を否定するように、天兵衛はゆっくりかぶりを振ってつづけた。

「手荒なことはできぬ。有馬屋《ありまや》という両国の貸座敷は、和泉守が贔屓《ひいき》にしている店で、たびたび使われる。そこにはおれたちの息のかかった仲居がいる。使いの出入りが多ければ何かあるとおれはにらんで、仲居に和泉守の話を拾うように命じた」

つまり天兵衛は、手先となっている仲居に、盗み聞きさせたというわけなのだ。

「今夜三河屋で密会があるのはたしかなのですね」

いつも寡黙《かもく》な常蔵だった。

「仲居を信じれば間違いない。問題は、木挽町の三河屋にどうやって入り込むかだ。その店には手先はいない」

そういった天兵衛は、お松に視線を向けた。

「相手の警固は堅い。昨夜おまえたちはその警固に気づかれたようだが、今夜はしくじれない。密会でどんなことが話し合われるか、何としてでも知りたい」

何かよい知恵はないか、と天兵衛は仲間を眺める。

「どこの座敷に入るか、それがわかれば、何とかなるかもしれません」

英三郎だった。

「それは調べればすぐにわかるはずだ。しかし、床下や天井といったところにはめったなことでは忍び込めないはずだ」

「しかし、話を聞くために他の手立てはないのでは……」

中村玄太郎がゲジゲジ眉を動かしていう。

やり取りを聞いている慎之介は、まるで盗人《ぬすつと》の計略ではないかと思った。

「お松を使う手もあるが、今夜のことだ。仲居や女中の手が空いているとは思えぬ。奉公人の誰かを休ませて、その代わりにということも考えたが、店の主がこっちの思いどおりに動いてくれるとは思えぬ」

「他に漏らせない大事な密談なら、密会に使われる客間に入るのは無理でしょう。相手は老中であり大名なんですよ。警固の者も少なくないでしょう。昨夜はうっかりおれたちが問い詰められそうになったばかりです。警戒の目も厳しいんじゃないですか」

慎之介の言葉に、短い沈黙の間があった。

「まずは三河屋を見ることでしょう。潜り込めるなら、潜り込む。できなければ……」

英三郎はそこまでいって口を閉じた。

「できなければどうする？　まさかあきらめるというんじゃないだろうな」

「三河屋は今夜貸し切られるんでしょうか？」

お松だった。

「それはないはずだ」

「だったらわたしが客になります。桜井さん、あんたそれに付き合ってもらうわ」

突然話を振られた慎之介は、きょとんとなった。

「急場しのぎだが、お松にそっちはまかせよう。それじゃもうひとつ、店に潜り込めるようだったら英三郎、そして玄太郎、おまえたちの出番だ。これから三河屋に探りを入れて、それができるかどうか調べろ」

天兵衛に命令された英三郎と玄太郎は、顎を引いて頷くと、そのまま座敷を出て行った。

「おれと常蔵は、これから三河屋に行く。今夜のことに探りを入れてこよう。途中までおまえたち二人もついてこい」

山形屋を出た一行は、京橋川《きょうばしがわ》に架かる白魚橋《しらうおばし》をわたったところで足を止めた。

「おまえたちはそこで待っておれ」

天兵衛が慎之介とお松を振り返って、すぐそばにある茶店を示して指図した。

慎之介とお松が黙って頷くと、天兵衛と常蔵は南八丁堀《みなみはっちょうぼり》にわたされた真福寺橋《しんぷくじばし》をわたっていった。

「こんなことで、出羽守を失脚させることができるのか……」

慎之介は茶店の床几に座ってぼやくようにいった。

「わたしたちは指図どおりに動くだけだから……」

お松はいつものように無表情にいう。

「まあ、相手はたしかに老中で、越前守様と反目している連中なんだろうが……。なんだか手際が悪いというか、やり方が手ぬるいような気がしてならねえ」

それにこの仕事はいつまでかかるんだ、と慎之介は言葉を付け足した。

「それもわたしにはわからないことよ」

お松は遠くの空を見ていう。

「おまえは顔に似あわず、のんきなところがあるんだな」

慎之介はからかうようにいったが、お松は気にも留めないという顔で茶を飲んだ。

それから半刻（一時間）もかからずに、天兵衛と常蔵が戻ってきた。

「店は普段どおりだ」

慎之介と同じ床几に腰をおろすなり天兵衛がいった。

「それじゃおれたちは客になれるってことですね」

「そういうことだ。ただしあの店は、そんななりではいやがるかもしれぬ。着替えをして出直してくれ」

「玄太郎さんと英三郎さんは、どうしてるんです？」

お松が天兵衛をまぶしそうに見た。日の光を正面から受けているからだ。

「いま探りを入れているところだ。おまえたちは夜の仕度を調《ととの》えてくれ。それからこれを」

天兵衛は懐から財布を出して、慎之介にわたした。

ずしりと重い財布だった。

三

日が暮れ、長屋の路地から炊煙《すいえん》がたなびいてくるころ、慎之介はお松を連れて、京橋をわたった。

夕靄に包まれていた町には、ゆっくり夜の帳《とばり》が下りはじめていた。

羽織袴姿に着替えをした慎之介は、日本橋の南詰めでお松と落ちあったのだが、すぐにはわからなかった。

お松が髪を結いなおし、化粧をしていたからだった。見違えるほど化粧映《ば》えのする女なのだ。

――誰かと思ったぜ。

慎之介はお松に会うなりそんなことをいったが、お松はにこりともとせず、お世《せ》辞《じ》かいと可愛げのないことをいった。

しかし、そんなお松を連れて歩くのは悪くなかった。振り返る男はひとりや二人ではなかったが、お松は歯牙《しが》にもかけないという顔で、慎之介のそばを歩く。

井桁絣《いげたがすり》に幅広の帯と控えめだが、足さばきがよく、歩くたびにのぞく朱の蹴《け》出《だ》しが、すらりとしたお松をさらに引き立てていた。

時刻は暮れ六つ（午後六時）を過ぎていた。二人の老中が店に入ったころだ。紀伊国橋《きのくにばし》をわたり、三河屋のそばまでやってくると、表に供侍の姿があった。乗物も道の端に置かれている。

慎之介は被っていた編笠《あみがさ》の紐《ひも》をほどきながら、自分たちに不審の目を向けてくる者はいないか注意したが、彼らの目は揃ったようにお松に向けられていた。

昨夜、自分たちをあやしんだ周防守の家来がいたとしても、化粧ですっかり変わったお松には気づかないはずだ。

店の玄関に入ると、迎えてくれた手代と女中に、一階の客間を所望した。密会する老中が一階の客間を使うのがわかっていたからである。

廊下を右に左へと曲がって、庭に面した小体《こてい》な座敷に案内された。

慎之介はまずは酒を頼み、料理は店にまかせると太っ腹なことをいって注文をすませた。

「いい部屋だな」

慎之介が庭側の障子を開けていえば、

「二人は近くの座敷にいるのかしら」

と、お松は色気のないことをいう。

「おれが厠《かわや》に行くときに、それとなく探ってこよう」

慎之介は何か話したいが、会話ははずまなかった。どうも今回は調子っ外《ぱず》れである。

酒が運ばれてきて、順々に料理が揃えられると、慎之介は人払いをした。

「まあ、慌てることはねえ。のんびりやろう」

慎之介が酌をしようとすると、

「そうはいかないわ。何としてでも密会の中身を知らなきゃならないんだから」

と、お松は堅いことをいう。

ころ合いを見計らって、慎之介が厠に立ち、二人の老中が密会している座敷を探しあてたが、近づくのはかなり困難だった。密会に使われている座敷の両側と、廊下の随所で家来が見張っているのだ。

無駄に時間が過ぎるばかりで、二人はやきもきしながら対策を講じようとしたが、打つ手はなかった。

「これじゃ万事休すだ」

あきらめ顔でいう慎之介は、舐《な》めるように酒を飲んでいたが、まったく酒肴《しゅこう》を楽しむどころではなかった。

お松が様子を見に行ったのは、半刻も過ぎたころだったが、客座敷に帰ってくるなり、

「あの二人、いま帰っちまったよ」

と、悄気《しょげ》たようにいった。

計画は失敗だった。

店を出ると、乗物も二人の老中の護衛をする家来たちの姿もなかった。

「どうする?」

お松が落胆を隠しきれない顔を、慎之介に向けた。

「どうしようもねえさ。付け入る隙がなかったんだ。……だが、井上さんは別の手も打ってる」

慎之介は河岸道に出て、探るような目をあたりに向けた。天兵衛たちの姿もな

い。勤番侍《きんばんざむらい》とおぼしき男が二人、慎之介とお松とすれ違った。どこかできこしめしてきたらしく、訛《なま》りのある言葉で喋《しゃべ》りあっていた。

「桜井、お松」

声をかけられたのは江戸橋に差しかかったときだった。すぐそばに、常蔵が無愛想な顔で立っていた。

「どうだった？」

慎之介とお松は、同時に首を横に振った。

「まあ、しかたないだろう。江戸橋の南詰めに吉田屋《よしだや》という船宿がある。みんなそこにいる。密会の中身は、英三郎がうまく聞きだした」

「ほんとに……」

お松がパッと目を輝かせた。

「みんな、待ってる。行くぞ」

常蔵はそのまま背を向けて先に歩きだした。

「戸根さんはどうやって話を聞いたんだ？」

「床下にうまくもぐり込んだんだ」

ほうと、慎之介は口をすぼめた。

「忙しくなるぜ」常蔵は足を早めた。

船宿・吉田屋の二階には、天兵衛以下の仲間が揃っていた。他に客の姿はなかった。人払いをしたらしく、慎之介たちが二階に上がっても店《たな》の者はやってこなかった。

「ご苦労だった。どうやらうまくいかなかったようだな。まあ、急なことだったし、相手の警固は堅い。うまくいくかどうか、それは賭けだった」

天兵衛はずるっと茶を飲んでつづけた。

「だが、案ずることはない。英三郎がうまくやってくれた。お手柄だ」

褒《ほ》められた英三郎は照れを隠すように、頬に小さな笑みを浮かべた。

「周防守と和泉守は、御用金を運ばせている」

「御用金……」

お松だった。

「金は堺《さかい》と大坂《おおさか》の商人から都合したものだ。その段取りを周防守がつけ、藤川《ふじかわ》宿《しゅく》で和泉守の家臣らが運搬の受け継ぎをして江戸に向かっている。すでに御用金運搬の一行は、箱根《はこね》を越え藤沢《ふじさわ》に入っている。御用金は幕費を補うというのが建前だが、そのじつ出羽守一派の権勢を守るためのものだ。おれたちはその御用金を奪い取る」

「その金高《かねだか》は？」

慎之介だった。

「わからぬ。二万両かあるいは十万両か……蓋《ふた》を開けてみなければわからぬことだ。出羽守は年に数度、同じ主旨の御用金を調達しているが、幕府財政はそれで潤《うるお》うわけでもなければ、幕政に活《い》かされもしない」

「つまり出羽守一派の遊行費になると……」

慎之介だった。

「おおかたそういうことだ」

「許せぬ。天下のご政道を何と心得ているんだ」

慎之介は憤慨《ふんがい》した。

「おれたちは一行が江戸に入る前に、御用金を奪取する」

「その一行はいま藤沢にいるんですね」

お松だった。

「さよう。明日は神奈川《かながわ》あるいは川崎宿《かわさきしゅく》あたりまで進み、明後日《あさって》には江戸に着くはずだ。おれたちは品川《しながわ》に入る手前で、一行を襲い、御用金を奪い取る」

四

その夜、慎之介は興奮していた。

出羽守の権勢を弱体化させ、悪政の改革をするために、御用金を奪い取る。

(まるで盗賊のごとき所業)

そう思わずにはいられないが、それが天下のためになるなら、やぶさかではない。うまくいけば成功報酬として二百両を手にすることができる。

一気に夢が実現しそうだ。そして、水野越前守忠邦の後ろ盾を受けることができればいうことはない。

慎之介たちは明日、六郷《ろくごう》の渡し手前の八幡塚村《はちまんづかむら》で御用金を運ぶ一行を待ち受け、鈴ヶ森《すずがもり》の刑場あたりで御用金を奪い、立会川《たちあいがわ》に架かる泪橋《なみだばし》につけた舟で、芝田町《しばたまち》の水野越前守の町屋敷に逃げる計画である。

興奮してなかなか寝つけない慎之介は、何度も寝返りを打った。

御用金襲撃まで中一日あるので、天兵衛はそのための準備を周到にやるといった。

とにかく明日のために、

(眠っておかなければ……)

慎之介は目を閉じた。

翌朝、芝口橋の南詰めで天兵衛と落ちあった慎之介は、そのまま東海道を南に辿《たど》った。

六郷川(多摩川《たまがわ》)の手前にある八幡塚村までは、四里もない。同行するのは、お松と常蔵、そして天兵衛の三人だった。

中村玄太郎と戸根英三郎は、舟を用立てるために鈴ヶ森に先行していた。

日は高く昇り、秋の風が吹いている。夏の暑さはもうぶり返すことはなさそうだ。

一行は股引《ももひき》に小袖をからげた手甲脚絆《てっこうきゃはん》、それに引き回し合羽《かっぱ》を羽織り、編笠を被っていた。お松もほぼ似たような恰好である。

「お松、なぜ仲間になったんだ?　おまえも岡部様に声をかけられた口か?」

慎之介は暇にまかせて話しかける。

「みんなそうじゃないの……。なぜ目をかけられたか、よくは知らないけど、わたしは出羽守が嫌いだから」

「なぜ、嫌いなんだ？」

お松はじろりと、にらむように見てくる。

「いろいろあるんだよ。少しは口を閉じて歩いたらどうなの」

取りつく島もないことをいわれた慎之介は、あきれたように首をすくめた。

前を歩く天兵衛と常蔵は、必要以外のことはあまりしゃべらないし、常蔵は人を寄せつけない雰囲気を持っていた。

（お松もそうだが、みんな一癖も二癖もあるような者ばかりだな）

慎之介は普段の自分を出せずじまいである。

それでも、やることをやればいいんだと開きなおる。

品川で小半刻ほど休んで、再び東海道を南に向かう。

遊山旅《ゆさんたび》をしている者や、旅の僧、巡礼の一行《の》などと出会う。飛脚《ひきゃく》が駆け去っていけば、立て場の茶屋で暇そうに煙草を喫んでいる駕籠舁《かごかき》もいた。

街道の右に品川寺《ほんせんじ》、海晏寺《かいあんじ》などという寺の門前をやり過ごし、左手に見え隠れする江戸湾を眺めながら半里ほど行ったところに立会川に架かる涙橋があった。

鈴ヶ森の刑場はその先である。

橋のそばにある茶店で待っていた中村玄太郎と戸根英三郎が、慎之介らに気づいて立ち上がった。そのまま無言で近づいてくると、

「舟は首尾よく調えてあります」

玄太郎が天兵衛に告げた。

「どれだ？」

天兵衛が訊ねると、玄太郎はそのまま橋の先まで歩いていき、小さな船着場に繫《つな》いである五大力船《ごだいりきせん》を指さした。

長さ三十一尺、幅八尺と小型の船だ。河川航行に使う長い棹走《さおばし》りが舷側《げんそく》に備えてあった。五大力船は河川を航行できるように喫水《きつすい》を浅く取っているのが特徴だ。

「船は船頭なしで操るんで……」

慎之介は天兵衛を見た。

「英三郎と玄太郎はお手のものだ」

天兵衛はにべもなく答えて、

「今夜は川崎宿に泊まる」

といって歩きだした。

御用金奪取を目論む天兵衛ら一行が、六郷の渡しを使って川崎宿に入ったのは、その日の昼前だった。

「常蔵と玄太郎は、馬の算段をつけ保土ケ谷《ほどがや》まで行け。明日の朝、一行を見届けたら戻ってこい」

「それで井上さんはどこに？」

常蔵だった。

「おれと英三郎は和田屋《わだや》という旅籠《はたご》に泊まる。桜井とお松は、彦根屋《ひこねや》だ」

慎之介はお松を見た。またいっしょだな、と笑みを浮かべたが、お松は面白くないという顔で、天兵衛に問い質《ただ》した。

「なぜ別の旅籠にするんです？」

「いっしょにいれば目立つ。ただそれだけのことだ。明日の朝までおれたちは息をひそめたように静かに時を待つ」

お松に答えた天兵衛は、常蔵と玄太郎に顔を戻して「さあ、行け」と命じた。

それから間もなく、慎之介とお松は指図された彦根屋という旅籠に入った。

「どうして井上さんは、わたしとあんたを組ませるのかしら。他の仲間とわたしたちを離して扱ってる。天兵衛さんもそうだけど、他の三人もなぜかわたしたちには、無駄口をたたかない」

客間に落ち着くなり、お松がぼやいた。部屋は襖《ふすま》一枚で隔ててあるだけだ。

「そういわれりゃそうだな……」

「無駄なおしゃべりをするのはあんただけよ」

「おしゃべりで悪かったな。だが、天下の政道に関わる企《くわだ》てだ。それだけ気を張っているんだろう。余計な気はまわさないことだ」

「あんたは気楽な男だね」

お松はそれで話は打ちきりだといわんばかりに、襖を閉めた。それでへこたれる慎之介ではない。

「おい、淋しくなったら声をかけな。いつでも相手してやるから」

「馬鹿」

一蹴《いっしゅう》された慎之介はぺろっと舌を出した。

日は西に傾き、やがて夜が訪れ、空に星がまたたいた。

暇を持てあます慎之介だが、お松は相手をしてくれる素振《そぶ》りはなかった。

夕餉《ゆうげ》の膳部《ぜんぶ》を運んでもらった慎之介は、三合の酒を飲んで、その夜は早々と横になった。

起こされたのは、夜も明けやらぬ六つ（午前六時）前だった。

呼びに来た英三郎が、「一行は隣の神奈川宿を発《た》って、こっちに向かっている。おれたちはこれから先まわりをする。すぐに仕度《したく》をするんだ」

それだけをいうと、英三郎は去っていった。

慎之介とお松が旅籠を出ると、往還《おうかん》の先で天兵衛らが待っていた。御用金を運ぶ一行をたしかめに行った常蔵と玄太郎の顔もあった。

「一行の数は思いの外《ほか》少ない」

天兵衛が六郷の渡し場に向かいながらいう。

「何人です？」

慎之介が聞く。

「常蔵の調べでは二十数人だ。それに馬が四頭」

「ずいぶん少ないんじゃ……」

「内密な金だ。わざと目立たぬように運んでいるんだろう」

五

慎之介たちは大森村《おおもりむら》から不入斗村《いりやまずむら》に入り、鈴ヶ森八幡社《はちまんしゃ》の前を通過したところだった。

真っ青な空が広がっていて、鳶《とんび》が盛んに笛のような声を降らしている。

真夏の暑さはないが、歩きつづけているので、うっすらと汗をかいていた。西に向かう馬に乗った侍二人とすれ違った。

境内《けいだい》の前を南北に走る東海道は、そこだけ道幅が広くなり、ちょっとした広小路になっている。ここには藁葺《わらぶ》きに葦簀《よしず》掛けといった茶屋や饅頭《まんじゆう》屋が数軒あり、そこで憩《いこ》っている旅人の姿もある。

慎之介たちは被っている笠の陰から、その侍に注意の目を向けた。もしや、御用金を運ぶ一行を迎えに行く、和泉守の家来ではないかと訝《いぶか》ったからである。

馬はそのまま六郷の渡しのほうへゆっくり歩き去った。天秤棒《てんびんぼう》を担いだ行商の者や、荷駄を積んだ馬を引く馬子《まご》、野菜を運ぶ近隣の百姓、杖をついて歩く巡礼の一行などがいるが、往来はさほど多くない。

街道にある松並木が海風を受け、日の光に輝いている。

「止まれ」

突然、天兵衛が立ち止まった。

鈴ヶ森の刑場を二町ほど過ぎたところだった。

その先に泪橋がある。道幅は三間と狭くなり、街道の左は松並木とその奥に雑《ぞう》木林《きばやし》、右にも同じく松並木があるが、その先は海につづく浜だ。街道はゆるやかに蛇行《だこう》しながら泪橋につづいている。

天兵衛が街道の先と背後に目を光らせ、人の目がないことを確認すると、「散れ」と顎をしゃくった。

それぞれに雑木林の中に身をひそめ、手はずどおりに頭巾《ずきん》で顔を覆《おお》った。

みんな息をひそめて口を閉じ、街道の南に注意の目を向ける。

時が吹き流れる風のようにゆっくり過ぎてゆく。往還を行き交う旅人や近隣の百姓あるいは漁師、そして旅の侍の姿はあるが、数は多くない。

待つこと一刻半、小さな集団が乾いた道に姿をあらわした。

馬四頭、それを先導する侍が五人、馬の脇には箱持ちや草履取りが六人、そして馬を引く馬子四人、馬の背後にまた五人の侍。都合二十人。

それぞれの馬は、筵掛《むしろが》けした二個の箱物を担いでいる。

御用金を運ぶ一行にしてはお粗末だが、それがかえって目くらましになっていると考えることもできる。

一行は徐々に近づいてくる。慎之介は天兵衛を見た。まだ、待てと目がいっているが、すでに鯉口《こいぐち》を切っていた。

御用金を運ぶ侍たちは、打裂《ぶっさき》羽織に野袴、手甲脚絆、そして菅笠を被っていた。馬子や箱持ちなどの小者は相手ではない。まずは警護の侍を制圧しなければならない。

一行との距離が十間を切ったとき、よし、と天兵衛が顎を引いた。

空を舞う鳶がひときわ甲高《かんだか》い声で鳴いた。

刀を引き抜いた慎之介らは往還に躍り出た。一行が一斉に足を止め、警護の侍たちが刀に手を添えたが、それには柄袋《つかぶくろ》がしてある。

「何やつ！」

先頭の侍が声を張ったが、慎之介たちは無言のまま一行に撃ちかかっていった。殺戮《さつりく》はなしである。慎之介はそう命じられ、納得していた。

だが、先頭を切って警護の侍に撃ちかかった天兵衛は、相手が柄袋を外さないうちにひとりを斬り倒していた。

「曲者だ！」

護衛の侍が動揺しながら声を張った。

突然のことに馬が嘶《いなな》き、馬子が落ち着かせようと手綱《たづな》を操る。後尾にいた警護の侍たちが、前に出てきて防戦をはじめたが、天兵衛らの襲撃は容赦がなかった。

常蔵も玄太郎も英三郎も、一切の手加減をせずに向かってくる侍たちを斬りつけている。

血飛沫《ちしぶき》が日の光を受けてきらめき、絶叫と怒声が交錯《こうさく》した。馬子と箱持ちなどの小者は、馬を置き去りにして逃げ去っていた。

「馬を引け！」

天兵衛がまたひとりを斬り倒して、お松に命じた。

慎之介は撃ちかかってきた侍の刀を撥ね飛ばし、柄頭を相手の顎にたたきつけて倒した。

「うげっ」

ひとりを倒すと、つぎの者にかかったが、斬りにはいかなかった。

「逃げろ。去《い》ね！」

相手に忠告を与えたが、無駄だった。

「どりゃあ！」

護衛の侍は裂帛《れっぱく》の気合いを発して撃ちかかってくる。慎之介は半身をひねってかわすと同時に刀の棟《むね》を返して、相手の背中に一撃を見舞った。

「ぎゃあー」

護衛の侍は悲鳴をあげて倒れたが棟打ちである。

すでにそのときには、護衛の侍のほとんどが血を流して大地に倒れていた。

英三郎が二頭の馬を引いて泪橋のほうに駆けていた。それを追うように、お松も一頭の馬を引いていた。

もう一頭の轡《くつわ》をつかんだ玄太郎に襲いかかろうとした侍がいたが、常蔵が横合いから斬りつけて、首を刎《は》ね飛ばした。

大量の血飛沫が舞い、宙を舞った首がごろんと大地に落ちて転がった。

予想外の修羅場《しゅらば》になっていた。

「井上さん、話が違う！　これは何だ！」

慎之介は目を吊りあげて抗議したが、

「ぐずぐずしてる場合ではない。引けッ」

と、取りつく島もなく御用金を担いでいる馬のあとを追った。

慎之介は躊躇《ためら》ってあたりを見た。襲撃の場となった道には、ゴロゴロと侍たちが倒れ血を流している。死に至らず、大量の血を流しながら、うめいてのたうちまわっている者もいた。

（こんなことを……）

慎之介は目をみはって、その凄惨《せいさん》な現場に戦慄《せんりつ》したが、もはやどうすることもできない。しかたなくみんなのあとを追った。

四頭の馬は、五大力船を繋いだ船着場に引かれていて、天兵衛らが荷を下ろして、船に積み込んでいた。

「何をやっておる！　手伝えッ」

慎之介は天兵衛に怒鳴られたが、動かなかった。

（違う、何かが違う）

「あんた、何してんだよ！」

お松にも怒鳴られた。

玄太郎が舫《もやい》を解き、船を出す支度にかかっていた。常蔵が馬鹿力を発揮して、つぎつぎと船に御用金を積み込んでいる。

「井上さん、あんたは殺しはしないといったはずだ」

詰め寄る慎之介を、天兵衛がぎろりとにらんできた。

「相手の数を考えれば致し方のないことだ！　くだらぬことをいわず手伝え！」

「こうなったらしかたないだろう。あんた、何いっててんだよ」

お松が慎之介の肩を突いた。慎之介は前のめりになった。そこへ常蔵が思いがけずに斬りかかってきた。

六

危うく斬られそうになった慎之介は、横に転がって逃げ、刀を鞘走《さやばし》らせた。

「何しやがるッ！」

怒鳴って身構えたが、常蔵はかまわずに撃ちかかってくる。

慎之介は常蔵の斬撃をすりあげて、腹を蹴った。虚をつかれた常蔵は、後ろによろけたが、どうにか持ち堪《こた》えて、刀を構え直した。

「何やってんだよ。こんなとこで仲間割れはないだろう。早く船に乗りなよ」

船に乗り込んだお松がたしなめるように怒鳴ったが、その瞬間、玄太郎に強く押されて、川の中に落ちてしまった。

お松は川の中でばしゃばしゃともがいていた。

「常蔵、放っておけ。早く乗れ！」

天兵衛の声で、舟着場を離れようとしている船に常蔵が飛び乗った。

「くそっ、謀《はか》りやがったな!」

慎之介は口をねじ曲げて、船に飛びついた。そこへ天兵衛が斬りかかってきた。慎之介は舷側にしがみついたままかわしたが、今度はその手を強く踏みにじられた。

「うッ」

天兵衛が余裕の笑みを浮かべて見下ろしてくる。

「御用金は思いの外少なかった。おそらく御用金は、いくつかに分けて運ばれてくるのだろう。それに気づかなかったのは、思いもよらぬ不覚。だが、それはいまさらやむを得ぬこと。きさまにはもっと働いてもらおうと思ったが、もはやこれまで……」

天兵衛の振りあげた刀が、日の光をキラキラッとはじいた。

瞬間、慎之介はちぎれそうな痛みに耐えながら、踏みつけられた手を抜いて、背後に倒れて水の中に沈んだ。

水中から顔を出すと、船は舳先《へさき》を海に向けるように旋回《せんかい》していた。慎之介は抜き手を切って岸にあがると、行き場を失っている馬に駆けて、ひらりとまたがった。

そのまま馬腹《ばふく》を蹴り、船着場の土手を走らせ、それッと、五大力船に向かって跳躍《ちょうやく》させた。常蔵と天兵衛がその思わぬ行動に、あんぐり口を開けて驚いた。

馬は船の中に一度足をつき、そのまま反対側の川に落ちた。その衝撃で船は激しく揺れ、積んであった千両箱の三つが川に落ちて沈んだ。

馬は岸に向かって泳ぎ、慎之介は川の中で立ち泳ぎをして、船上の天兵衛らをにらんだ。

「このままではすまさねえ！」

慎之介は罵《ののし》ったが、天兵衛らは落ちた千両箱を探すように、水中をのぞき込んで悔しがっていた。だがすぐにあきらめ、船を海に走らせた。

慎之介は川の中で地団駄《じだんだ》を踏むように悔しがったが、もはやどうすることもできない。岸辺に泳ぎ着いたお松が、濡《ぬ》れ鼠《ねずみ》になって肩を喘《あえ》がせていた。

慎之介はそのそばに行って、ざばりと岸に上がった。

「おい、やつらはおれたちをまんまと騙《だま》しやがったんだ。それに気づきもせずに、おれたちはやつらの盗みの手伝いをしていたんだ」

お松が息を喘がせながら、無言で見つめてくる。悔しそうに口を引き結んでいたが、

「ここにいてはまずいわ」

と、街道の騒ぎを見て注意した。

ひとかたまりになった旅人や近隣の者たちが、右往左往しながら喚《わめ》き騒いでいた。

誰かの指図を受け、一方に駆け去っていく者もいた。おそらく役人を呼びにいったのだろう。

「どうする？」

「そうだな。とにかく逃げよう」

慎之介はお松に手を貸して立たせると、騒いでいる連中の目を盗みながら品川のほうへ小走りに急いだ。ときどき海を見たが、天兵衛らの乗った船はいつしか見えなくなっていた。

慎之介とお松は、街道を避け、品川宿の裏道を辿《たど》って目黒川《めぐろがわ》を越えた。そのあたりまで来ると、少し落ち着きを取り戻すことができた。

「とんだ罠《わな》にはめられたもんだ。やつらはほんとうに越前守様の手先だったのか？」

さっきからそんな疑問が慎之介の頭から離れなかった。

「そう聞いていたけど……」

「こうなると、岡部四郎三郎って男もあやしいもんだ」

「でも、ほんとうだったのかもしれない。たしかに出羽守の政は感心できないし、世の中はよくなるどころか、悪くなっている一方よ」

「たとえそうだとしても、やつらはおれを殺そうとした。おまえだって除《の》け者《もの》にされたんだ。さっきのことでわかっただろう」

「………」

「それでもやつらを信じるというのか。井上天兵衛は御用金を奪い取る算段をつけたが、皆殺しにするとはいわなかった。刃傷《にんじよう》に及ぶことはあっても、殺し合いは避けたいと、そういったはずだ。おまえも聞いていたはずだ」

「………」

「ところがどうだ。蓋を開けてみりゃ何のことはねえ。天兵衛の野郎、真っ先に警固の侍を斬りやがった。大久保常蔵の野郎は、首を刎ねた。あんなことをするとはいわなかったはずだ。荒っぽい盗賊の仕業《しわざ》じゃねえか」

「出羽守の失脚を狙うための仕事じゃなかったと……」

「お松、まだやつらのことを信用しているのか？」

慎之介はキッとにらむようにお松を見た。

「これまでのことをよく考えてみろ。端《はな》っから胡散臭《うさんくさ》いことばかりだ。ところが、おれは金に目がくらみ、そして政道をただすという大義に誤魔化された。おれたちはまんまと利用されたのだ」

慎之介は話しながらもまた怒りを覚える。

「天兵衛の野郎は、御用金はいくつかに分けて運ばれるのだろうといって、それに気づかなかったことを悔やみ、そしておれにこういったんだ」

「…………」

「きさまにはもっと働いてもらおうと思ったが、もはやこれまで。そして、おれを殺そうとした。それだけで、おれたちが嵌《は》められていたというのがわかるだろう」

「わかったわ。だけど、大事なのはこれからどうするかよ」

お松は冷静なことをいう。

「ま、それはそうだ」

「それでどこに行くの？」

「おれの屋敷だ」

慎之介は足を早めた。すでに着物は生乾きになっていた。

「これからのことを相談しよう」

お松は黙ってついてきた。

七

「叔父の家だ。遠慮することはない。叔父といっても義理の叔父だが……」

慎之介は高輪《たかなわ》の屋敷にお松を案内すると、勝手に奥の部屋から着物を物色してきて、これを着ていろと差しだした。

「悪いわね。でも、ここは静かでいいところ」

「そうでもねえさ」

慎之介はどっかりあぐらを搔《か》いて、庭を見た。庭を挟んだ先にもう一軒家が建っている。それが慎之介が隠居した旗本に貸している家だった。

「この屋敷は全部、義父のものだった。まあ、お上から預かっている屋敷ではあるが、義父が死んだあとで屋敷の半分を叔父が貰《もら》い受けているんだ。今は別のところに住んでいるがな。向こうの屋敷はおれが人に貸している」

「あんた、ほんとうに旗本だったんだね」

「義父が小普請入りをしたから、おれは仕官はできなかった。もっともその気もなかったが……」

「旗本なら仕官できれば、出世も叶うんじゃないの」

「そう容易《たやす》いもんじゃないさ。いまや家禄を召し上げられた浪人同然だ。叔父はおれのことを見限っているし、親戚付き合いもない。義父は孤児だったおれを引き取って大事に育ててくれたが、親戚は冷たいもんだ」

青い実をたわわにつけた柿の葉が、日の光を照らしていた。

「孤児のために養護所を造りたいといったけど、本気なの」

慎之介は着替えを終えたお松に体を向けた。

「本気だ。そのためにおれは金を作らなきゃならない。幕府の後ろ盾も必要だ。そのために此度《こたび》は布石が打てると思ってもいた。水野越前守様の力を借りられるんじゃないかとな。だが、とんでもねえ嘘っぱちだった」

「全部が嘘だったかどうかはわからないわ」

「騙されたことに変わりはねえだろう。で、おまえさん、どういう手管《てくだ》を使われて仲間に入ったんだ？」

お松は一度視線を外して躊躇《ためら》った。外光を受ける肌が瑞々《みずみず》しかった。

「復讐《ふくしゅう》したかったのよ」

「復讐……」

「わたしにはお牧《まき》という姉がいたの。あるお屋敷に武家奉公をしていたんだけど、ある日、出羽守の下《しも》屋敷に奉公にあがることになったの。あのとき姉は大名家に仕えられると喜んでいた。何といっても一国一城の殿様のご家中に出入りできるようになったんだから。わたしもいっしょになって祝ってあげたんだけど……喜びも束《つか》の間《ま》……」

「………」

「それは突然のことだった。知らせを受けたとき、わたしはすぐには信じられなかった。毎日嬉しそうに出かけていく姉は、あの朝も変わりなかった。だけど、その日帰ってこなかった。そして、夜遅くになって姉が自害したことを知らされたの」

「なぜ、自害を……」

「そのときには、わたしにもわからなかった。だけど、あとで出羽守の屋敷に出入りする御用聞きの話を聞いて……」

お松は悔しそうに唇を嚙み、そのときのことを思いだしたのか、目を潤ませもした。

「なにがあったんだ？」

「姉は手込めにされたのよ。出羽守の三男・忠義《ただよし》という男に……。姉はそれを苦にして首をくくったのよ」

「…………」

「下屋敷の庭にある松の木を使ったのは、姉の精いっぱいの抗議だったのかもしれない。わたしにとって大事な人だった。この世で唯一信用のできる姉だった。姉はいやがったはずよ。それを力で押さえつけ、辱《はずかし》めたのよ。それを知って許せるはずがない」

「親はいないのか？」

「両親《ふたおや》は五年前に相次いで死んだわ」

「親は何をしていたんだ？」

「父は向坂悌二郎《さきさかていじろう》という貧乏浪人だった。ずっと貧しい暮らしだったけど、母とともに、ひとり前の女としての素養《そよう》だけはつけてもらった。両親は病に倒れてのことだったからあきらめはついたけれど、姉はそうではなかった」

お松は涙を堪《こら》えようと、唇を引き結んだ。

「おまえは侍の娘だったのか。そうだったか……。それで誰に声をかけられたんだ？」

「水野越前守様の用人という岡部四郎三郎様よ」

「あの人は本物なのか？」

お松はわからないと首を振って、言葉をついだ。

「だけど、岡部様はわたしのことを細々《こまごま》と知っていた。姉が自害したことも、なぜ自害したかも。そしてわたしが復讐心を抱いていることも口にし、天下正道のためにひと働きしてくれと頼んできた。ちゃんと謝礼の話もしたわ。もちろん、わたしはすぐには乗らなかった。だけど、あの人は熱心に口説いてきた。わたしの弱みをつき、助働《すけばたら》きをすることで姉の復讐ができるともいったわ。だからわたしは思いきって話を受けることにした」

「なるほど、すべてはあの岡部四郎三郎の企みかもしれねえな」

慎之介は虚空《こくう》に視線を据えて、しばらく思案に耽《ふけ》った。

「……何を考えてるの？」

「井上天兵衛は、盗んだ御用金を芝田町にある水野家町屋敷に運ぶといっていたな」

「そう聞いたわ」

慎之介はキラッと目を光らせた。

「お松、その町屋敷に行こう。このまま黙って引き下がっちゃおれねえ」

「もちろんよ」

「よし、話は決まった」

慎之介はがっと差料をつかんだ。

第四章　琴乃《ことの》の父

一

向坂悌二郎という浪人の娘・お松は、両親をなくしたあと、姉のお牧と苦労を重ねていた。しかし、苦労を苦労と思わなかったという。

それは、やさしい姉・お牧の存在と、奉公にあがっていた町道場主の親切があったからだと、慎之介に語った。

「道場に奉公に行っていたのか……」

「小さな道場だったけど、楽しかった。それにみんなわたしを男勝りの女と考えて、同じように接してくれた。はじめは辛いこともあったけど、そのうちにそうされるほうが楽になって、わたしもまわりの男たちに負けたくないという気持ちで、剣術を習うようになって……」

「おおらかな道場主だったんだな」

「とてもいい人だった」

鳴尾陣一郎《なるおじんいちろう》というのが道場主だったが、一年前に他界して道場は閉鎖になったという。

「すると、柔術はそこで習ったのか……」

「剣術も教えてもらったけど、わたしにはそっちのほうが合っているといわれたの」

道場が閉鎖になったあとは、柳橋《やなぎばし》の料理屋で仲居をしていたらしい。

「そのときに岡部四郎三郎があらわれたんだな」

お松は小さく頷いた。

二人は伊皿子坂《いさらござか》を下り、東海道に出たところだった。そのあたりから北が芝田町になる。

「町屋敷がどこにあるか知っているか？」

お松はわからないと首を振った。

「それじゃ番屋に行って訊《たず》ねよう」

芝田町八丁目に自身番《じしんばん》があったので、早速、水野越前守の町屋敷を知っているかどうか聞いたが、詰めている書役《かきやく》も番人も首をかしげるだけだった。

つぎの自身番でもわからなかったが、元札《もとふだ》の辻《つじ》まで行ってようやく、越前守の屋敷がわかった。ただし、町屋敷ではなく中《なか》屋敷だった。

「中屋敷……そうじゃなく町屋敷だ」

慎之介は芝田町三丁目の書役を見たが、小首をかしげる。

「この辺には蔵屋敷はありますが、それじゃそのことではありませんか……」

それはどこだと聞けば、すぐそこの浜通りにあるという。

海側には鹿児島《かごしま》藩島津《しまづ》家の抱《かかえ》屋敷をはじめとして、武家の蔵屋敷が建ち並んでいる。多くが領国の物産を保管する倉庫で、海岸には河岸場や物揚場《ものあげば》もある。

たしかに水野家の蔵屋敷はあったが、ただの倉庫で錠前がしっかりかかっている。蔵が開けられた形跡もない。

近所の者に聞いていくと、しばらくその蔵屋敷は使われていないということがわかった。

「とっくに御用金を運んだんじゃないかしら」

「どこへ？」

「町屋敷ではなく、水野家の中屋敷に。だってここから一番近いのがその屋敷だわ」

「そうだな」

中屋敷は、上屋敷の控え屋敷で、隠居した主や世継ぎが使用することが多い。

お松の考えに同意した慎之介だったが、直接訪ねて相手にされるかどうかわからない。また、御用金のことをなんと説明するかも難しいところである。

天兵衛らは、松平和泉守乗寛《のりひろ》と松平周防守康任の二老中が工面した御用金を横取りしているのである。まさかそのことを口にはできない。

慎之介はそれについて、お松にどうしたらよいかと問うた。

「そうね。そこは考えものね」

「もし、やつらが水野越前守の指図で動いていたとしたら、なおさらのことだ。まあ、それはないと思いはするが……」

「それじゃ、河岸地か物揚場に五大力船が来たかどうか調べたらどうかしら」

慎之介はさっと、お松を見てそうしようといった。

だが、物揚場や河岸場で働く人足《にんそく》らに聞いても、その日、五大力船は一艘《いっそう》もつけられていないという。

「水野家町屋敷というのは、出鱈目《でたらめ》だったんだ。そして、やつらは御用金を別の場所に運んだ。きっとそういうことだ」

「すると、越前守の話も、出羽守の失脚を狙うという話も嘘だったということ……」

「そう考えてもいいだろう」

「でも、なぜそんな大きな嘘をついて、わたしたちを騙す必要があったのかしら」

いつしかお松の口調が変わっていた。

慎之介はすでに気づいていたが、とやかく気にすることではなかった。

「そりゃあ、おれも知りたいことだが、ほんとうのところはやつらに聞くしかない」

「持ち逃げした御用金は、五千両よ。馬から下ろしたのはおそらく千両箱。それが八つあったけど、三つはあなたが馬で船に乗り込もうとしたときに、川に落ちているから」

「五千両か……」

慎之介はきらめく海を眺めて、お松を見た。

「お松、その五千両を取り返そう」

「泪橋のそばには、千両箱三つが沈んでいるけど……」

「それはあとだ。いまあっちに行ったらあやしまれるのが落ちだ。それに、あの近くには屍体《したい》がゴロゴロ転がってる。あっちに戻るのは利口じゃない」

「どうするの」

「腹が減った。飯を食って考えよう」

二

金杉橋《かなすぎばし》をわたったすぐ先に、手ごろな蕎麦《そば》屋があった。

その店の片隅《かたすみ》で慎之介とお松は向かいあっていた。格子窓から入り込む日の光が土間に条目《すじめ》を作っていた。すでに日は西にまわり込んでいる。

「おまえ話し方が変わったな」

慎之介はお松を見つめていった。

「男相手の仕事だと思ったから、舐められたくなかったの。ただ、それだけのことよ」

お松は目を伏せて、膝の上に置いた手を揉むように動かした。

「裏でやつらを操っていたのは、岡部四郎三郎だ。やつは水野越前守様の家臣らしいが、本当のところはどうなんだろう。そして、井上天兵衛は水野家に雇われていた元剣術指南役。おれはそう聞いているが……」

慎之介はそばをすすり込んだあとで、お松を見る。

「そういうことだったわね」

「まずはそれを調べることだが、どうやってやるかだ」

慎之介はそば猪口《ちょく》に山葵《わさび》を入れてかき混ぜる。

「あの船はどこで調達したのかしら？　そこから手掛かりを探ることもできるんじゃ……」

「なるほど、それもあるな。船を調達したのは、中村玄太郎と戸根英三郎だった」

慎之介はゲジゲジ眉の玄太郎と、受け口の英三郎の顔を脳裏に浮かべた。

「調べられるかな？」

「おそらく泪橋から遠くないところで調達したはずよ。そうなると品川あたりだと思うけど……」

「品川か……あっちには二、三日近づかないほうがいいかもしれねえ」

「わたしたちの顔は知られていないはずよ。もちろん用心は大切だけど」

慎之介たちは御用金を奪う際、頭巾《ずきん》で顔を隠し編笠を被っていた。逃げた馬子や小者たちにも顔を見られていないはずだ。

「わかった。品川も調べることにしよう。だが、まずは岡部四郎三郎と井上天兵衛のことを調べる」

「調べる？　どうやって……」

お松は睫毛《まつげ》を動かして慎之介を見た。

「おい、こう見えてもおれは、元は旗本の端くれだ。それを忘れるな。手は尽くせる」

お松がまばたきもせずに見てきて、そうだったわねといった。

「ひとつ気になることがあるの」

「なんだ……」

慎之介は汁をたっぷりつけてそばをすすった。

「あいつらはあなたを殺そうとした。そして、わたしも突き飛ばされて、川に落とされた」

「…………」

「それにわたしたちは、やつらの顔を知っている。口を封じに来たりしないかしら。やつらの立場になって考えると、わたしたちは厄介者《やっかいもの》のはず。野放しにしておいても害はないと考えないような気がするの」

「江戸を離れて遠くに逃げてりゃその心配はないだろうが、もしやつらが江戸に留まっているなら……」

「やつら五千両を奪ったのよ」

「しッ、声がでけえよ」

慎之介は慌ててまわりを見たが、客は離れたところに二人いるだけで、店の者は板場のそばでおしゃべりをしていた。

「用心しなきゃならないってことか……」

「あなたの家も、わたしの家もやつらは知っている」

「そうだった」

慎之介はそばをすくった箸を宙に止めたまま、短く考えた。

「どうしたの？」

お松がまばたきをして小首をかしげた。

「もし、やつらがおれたちの命を狙いに来るなら、それはこっちの思うつぼだ。

やってみるか……」

「なにを？」

「おまえが囮《おとり》になるんだ」

お松は目をみはった。

「心配するな。おまえには指一本触れさせやしねえ。一か八かやってみる値打ちはあるだろう」

「…………」

「五千両を取り返すために、命張っての大勝負だ」

「わかったわ」

お松はゆっくり頷いた。

江戸の町はゆっくり暮れていった。

慎之介とお松が日本橋をわたるころには、薄闇に変わっていた。

「ここから先は離れて歩く。おまえは普段どおり、家に帰るんだ」

「承知」

短く応じたお松が先に歩きだし、遠ざかっていく。

慎之介は十分な距離を取ってから、お松のあとを追った。

お松の住まいは、神田平永町《ひらながちょう》だった。自害した姉のお牧といっしょに住んでいた長屋だった。

だが、お松は自宅に帰る前に、一度、本銀町四丁目の書物屋山形屋伝八方に立ち寄る。此度の計画を練る際に、天兵衛が連絡場《つなぎば》にしていたところを探るのは必須だった。

もっとも、天兵衛らは巧妙なので、期待どおりの手掛かりを得られる確率は低いだろう。それでも探っておくべきだった。

十軒店《じっけんだな》を北へ進んだお松は、本石町三丁目の角を右に折れ、つぎの辻を左に曲がって山形屋に向かった。

通り沿いにある商家はほとんどが店仕舞いしているか、店仕舞いにかかっている時刻だった。早くも行灯に火を入れている料理屋も散見された。

お松は山形屋の裏から店に入った。慎之介は周囲に警戒の目を配り、山形屋の裏を見張る。お松が表に姿をあらわすのに時間はかからなかった。

なんの合図も送ってこないので、山形屋では何もわからなかったということだろう。

お松はそのまま自宅長屋のある神田平永町に向かった。

夕闇はいっそう濃さを増していた。雲が迫り出しているせいか、月は見えず、星も雲の隙間にのぞいているだけだった。

東中之橋《ひがしなかのはし》をわたり、三島町《みしまちょう》を過ぎたときだった。神田黒門町《くろもんちょう》のほうから出てきた男が、お松のあとを尾けるように背後についた。

慎之介は他にもあやしい影がないか、付近に目を配り、お松の後ろについている男の動きに注意した。

男は天兵衛の仲間ではなかった。身なりは町人のそれだ。だが、天兵衛の手先かもしれない。お松はその男に気づいている素振りはなかった。

神田平永町に入ると、お松は自分の長屋のある路地に姿を消した。

だが、背後についた男はそのまままっすぐ歩き去った。

(違ったか……)

慎之介は胸を撫で下ろし、お松の曲がった路地に入った。お松は長屋の木戸口の前で立ち止まり、一度左右を見てから長屋の路地に姿を消した。

慎之介はそのまま待つ。あたりに不審な影はないか警戒しながら、

(天兵衛らがお松の家に先に忍び込んで待っていたら……)

かすかな不安が鎌首《かまくび》をもたげた。

付近にあやしげな影はなかった。お松はほどなくして長屋の表に戻って来た。そのまま、柳原《やなぎわら》通りに歩いてゆく。

慎之介は距離を置いてあとを追う。

と、ひとりの男が脇道からあらわれ、お松の背後についた。そのまま足を早めて、お松に迫るではないか。

慎之介は慌てて駆け出した。男は町人の身なりだ。

お松が柳原通りに出たときだった。男が肩をぶつけてお松を倒した。

「何しやがんだ！」

地面に手をついたお松が、男勝りの怒声をあげた。

男は短く躊躇《ためら》ったが、すぐにお松に襲いかかった。

三

慎之介は刀を鞘走らせながら駆けたが、その前に男がふわりと宙を舞った。その片腕はお松につかまれている。

さらに、男が地面に倒れると、お松はつかんだ腕をねじりあげて、片膝で男の喉元を押さえた。

「なんだ、あんた」

倒された男はねじりあげられた腕の痛みと、喉元を押さえられているので、苦しそうに顔をゆがめていた。

「く、苦しい……は、放してくれ……」

お松は弱音を吐く男には構わず、抜き身の刀を持ってそばに立っている慎之介をキッとした目で見あげた。

「やつらには指一本触れさせないといったくせに、なによこのざまは」

「すまん。おれの油断だ」

慎之介は謝《あやま》るしかない。そのまま刀の切っ先を男の鼻先に突きつけた。男はふるえあがって目をつむる。

「あんた、わたしに何をするつもりだったんだい？」

お松は男の腕をねじりあげたまま、喉を押さえていた膝を離した。

「ハアハア、ちょいと懐中のものを……勘弁だ。殺さないでくれ」

男は押さえられていた喉が楽になったので、ふるえ声を漏らした。どうやらケチな掏摸《すり》だったようだ。

お松はあきれ顔で、男を放して立ち上がったが、慎之介に刀を突きつけられている男は倒れたままだ。

「掏摸にしちゃ、おめえはやり方が雑だ。ほんとうの狙いはなんだった？」

「か、金がほしかったんです。ほんとです、勘弁です、お助けを、どうかお助けを……」

掏摸は声だけでなく体もふるわせた。

「そのまま動くんじゃやねえ」

慎之介は刀を突きつけたまま、掏摸の体を探った。刃物類は持っていなかった。

「誰かに頼まれて、この女を襲おうとしたんじゃないだろうな」

「そ、そんなことはありません。後生《ごしょう》だから斬らないでください」

掏摸はほんとうに泣きそうになっている。

慎之介はゆっくり立って刀を鞘に戻すと、去《い》ねといって掏摸を蹴飛ばした。

掏摸は地を這うように離れ、慌てて立ち上がるとそのまま駆け去っていった。

「どうする？」

掏摸を見送ったお松が顔を向けてきた。

「今夜は様子を見よう。やつらも金勘定に忙しいのかもしれねえ。だが、家には帰らないほうが無難だろう」

「それじゃどこへ？」

慎之介は卯乃吉の顔を思い浮かべたが、

「誰か頼れるやつがいるか？」

と、聞いた。お松は少し考えてから、いないわと答えた。

「それじゃおれについてこい」

慎之介は来た道を引き返した。

「どこへ行くの？」

「婆さんがいる。そこにはやつらの目も届かないはずだ」

「婆さん……」

「口は悪いが、心根はやさしい婆だ」

慎之介が向かったのは、鍛冶町の煙草屋だった。おかねの家だ。


「ふん、女連れとは癪《しゃく》にさわることを」

おかねは慎之介の訪問を喜びはしたが、お松を見ると厳しい目になった。

「これはお松という、ちょいとわけあってしばらく家に戻れないんで、今夜だけでもいいから世話してくれないか」

「どんなわけがあるか知らないけど、どうせろくなことしかしてないんだろう」

口の悪いおかねは、そういいながらも二人を居間に上げ、茶を淹れてくれた。

「この婆さんの死んだ亭主は、町の岡っ引きだったんだ。口は悪いが信用はできる」

慎之介は茶を受け取って、口をつけた。

「突然、申しわけありません。でも、迷惑じゃありませんか？」

お松は殊勝な顔でおかねを見る。

「あたしゃひとり暮らしが長くてね。たまにはにぎやかなのもいいさ。で、あんたらどんな仲なんだい？」

おかねは目をしょぼつかせて、慎之介とお松を眺める。

「わたし、悪い男たちに追われているんです。だから、慎之介さんに助けてもらって、それでこうやって無理を頼みに来たんです」

「悪い男ってのはどんなやつらだい。追われるってことは、あんたにも何か落ち度があるからだろう」

「まあ、いろいろあるんだ。婆さん、でもこの女は悪いことはしてねえ。それは信じてくれ。おれがいうんだ」

慎之介が仲に入った。

「あんたがいうから信用できないんだよ。だけど、まあいいさ。で、今夜はお松さんひとりが泊まるのかい？」

「慎之介さんにもいっしょにいてもらいたいんですけど」

お松は思いがけないことをいう。慎之介がはっと目をまるくすると、

「じゃあそうしな。だけど、あたしのいるところで乳繰《ちちく》りあうんじゃないよ」

おかねがふぉっふぉっふぉっと、からかうように笑った。

口さがないおかねだが、寄る年波には勝てないらしく、早々と寝間に引き取ってしまった。

慎之介とお松は同じ部屋で、二つの夜具に離れて横になった。

疲れているので、すぐに寝つけそうだったが、やはり隣のお松が気になる。

「おまえ、おれを名で呼んだな」

慎之介は暗い天井を見たままいった。

「気分を悪くした？」

「いや。それにおまえの機転のよさには感心した」

おかねに二人の仲を聞かれたとき、お松がとっさに答えたことだった。

「ああいっておけば、無難だろうと思ったの。で、明日からどうするの？」

「やつらを探さなきゃならない。まずは越前守様をよく知る人に会うつもりだ」

「あては？」

「なんとかわたりをつける。それから今日のことが気になる。品川は騒ぎになっているだろう」

「あの川には千両箱が三つも沈んでいるしね」

「そのことを探ってみる。あの千両箱に誰も気づいてなきゃ、おれたちが拾い揚げる」

お松がゆっくりと慎之介に顔を向けた。

「品川に行く気なの？」

「人を使う」

「慎之介さん……」

「なんだ？」

慎之介は顔を横に向けてお松を見た。枕許《まくらもと》にある行灯が、お松の顔をうっすらと染めている。

「あなたは腕が立つだけで、あとは取《と》り柄《え》のない、ただの女ったらしだと思っていたけど、そうでもないようね」

慎之介は顔を天井に向け直し、

「女は嫌いじゃねえさ」

といって、目をつむった。

四

「品川ですか……」

卯乃吉は慎之介を寝ぼけ眼《まなこ》のまま眺めて、生あくびをした。

「そうだ。ちょいと様子を見て帰ってくりゃいい。昨日、あっちのほうで何やら騒ぎがあったらしいんだ。殺しだとか盗賊が出たとか、そんなことだ。それをたしかめてもらいてえ」

「殺しと盗賊ですか？」

「そんなことを小耳に挟んだんだ」

「それが兄貴の仕事に何か関わりでもあるってんですか？」

「まあ、そんなところだ。ここじゃ詳しいことはいえねえが……」

慎之介ははぐらかすようなことをいって、散らかり放題の卯乃吉の部屋を眺める。障子の桟《さん》には埃《ほこり》がたまり、着物は脱ぎ散らかされている。台所の流しには洗い物が山のようになっていた。

「じゃあ、まあ行ってきましょう。早いほうがいいんでしょう」

卯乃吉は脇腹のあたりをボリボリ掻きながらいう。

「早いに越したことはねえ。わかったら、この家に戻ってきて、おれを待て。夕方にはまた訪ねてくる」

「へえ、それじゃ顔でも洗って早速行ってきやしょう」

夜具の上に座っていた卯乃吉は、布団を払いのけて、手拭いをつかんだ。

「おっと、ちょい待ちな。おめえ、琴乃の父親のことを調べてきてくれたが、いまは小普請入りをしている旗本だったな。その前は勘定方にいたといったな」

「そうです。勘定方のお偉方でしたよ。勘定吟味役《ぎんみやく》ってお役だったはずです」

「勘定吟味役……」

慎之介は目を泳がせて記憶をまさぐった。

すぐにその役職がどういうものかを思いだした。詳しいところまではわからないが、五百石に役料三百俵の出世役だ。

勘定奉行のもと、金銭の出納《すいとう》や税の徴収の他、勘定所役人の行う一切の事務を監査し、勘定奉行の発行する出仕命令書には、必ず奉行と共に連署もする。また、奉行以下に不始末があれば、これを老中に報告するという責任の重い役目だ。

「まだ、四十そこそこの殿様なんで、どうしてそんな年で小普請入りになったかはわかりませんが……」

「勘定方といや、幕府の台所を預かるところだ。すると……」

幕府財政がどんな状態にあるか詳しいはずだ。

「どうしたんです？」

「おまえの調べたことが、これから役に立ちそうだ。これからはおれの助仕事で、十分食えるようにしてやるから、さっきのことよくよく頼んだぜ」

「ほんとに兄貴の助っ人で食えるようになりますか？」

卯乃吉はさっきまでの寝ぼけ眼はどこへやら、目を輝かせた。

「そうしてやる。掏摸なんかさっさと足を洗っちまうんだ」

卯乃吉は嬉しそうにニカッと笑った。

「おいら、どこまでも兄貴についていきますよ。それにもう人の懐なんて狙っちゃいませんし」

「だったら、しっかりやってくれ」

はいっ、と元気に返事をする卯乃吉の家を出た慎之介はその足で、おかね婆さんの煙草屋に戻った。お松が前垂れをして店の前の掃除をしていた。

慎之介に気づくと、箒《ほうき》を持ったまま顔を向けてきた。

「お松、品川のことは今日中にわかる。おれはこれから老中連中のことを調べてくる」

「ツテはあるのね」

「何度も聞くな。おれはやるといったことはやる男だ」

「頼もしいことを……」

「それにしてもやつらのことをよくよく考えたが、ずいぶんと手の込んだことをやっておれたちをまんまと欺《あざむ》きやがった」

慎之介は店先に置かれている床几に腰をおろしてつづけた。

「端からおれたちの口を封じるつもりだったのなら、そんなことをすることはなかったんだ」

「そうじゃないかもしれない。わたしたちの信用を得ることができたなら、ほんとうに仲間に入れる肚《はら》だったのかもしれない。だけど、昨日、御用金を奪うときに、慎之介さんが躊躇って抗《あらが》った。それはやつらが、前以《まえもっ》て打ち合わせたことに反する動きをしたからでしょ」

「そうだ。おれはそれまでてっきり、天下の政道をただすための仕事だと思っていたからな。何しろやつらは、出羽守や田沼玄蕃頭のことをおれたちに教え、そのうえでやり方を変えやがった」

「和泉守と周防守の密会のことね」

「そうさ。端っからあの密会を探る魂胆《こんたん》だったのかもしれねえ。だが、そうだとおれたちにあやしまれると思った。だから、出羽守の不正をあげつらい、道草を食うように出羽守と玄蕃頭の顔をあらためさせたんだ。そんなことされりゃ、誰だってまともな話だと思うだろう。つまり、手の込んだ騙しにあっちまったというわけだ」

「それにしても、よりによってわたしたちを……」

「いまさら悔やんでもしょうがねえが、おれたちゃやつらの悪事に加勢するという貧乏くじを引いたままだ」

慎之介は拳《こぶし》をにぎりしめて、ぽっかり浮かんでいる雲をにらむように見た。

「そこの色男と色女、なにをくっちゃべってんだい」

店の戸口から、おかねが姿をあらわした。

「大事なことさ。婆さん、お松のこと頼んだぜ」

慎之介は立ち上がって、おかねを振り返った。

「この子はよくやってくれるよ。うちの娘にしてもいいぐらいだ」

「そりゃよかった。じゃあ行ってくる」

「戻ってくるのかい」

「おれの面《つら》見なきゃ淋しいだろう」

アッハッハッハ、と慎之介は豪快に笑って、おかねの煙草屋を離れた。

行くところは決まっていた。

五

慎之介は琴乃の家に行く前に、自宅長屋に立ち寄った。

もちろん近所まで来ると、周囲に十分な警戒の目を配ることを怠《おこた》らなかった。

不審な影はなかったので、長屋に入り自宅の腰高障子を開けた。

敷居をまたぎ、そのまま部屋の中に注意の目を凝らす。

変わったことはないように思われた。先日家を出たままの状態だ。念のために、隣と向かいの住人に声をかけ、誰か見慣れない人間が来なかったか訊ねたが、二人とも首を振り、誰も来なかったという。

慎之介は床下に隠している金壺を確認した。金はそのままである。壺の中には養護所設立のために稼いだ金が、二百両と少々入っている。

(やつらもここまでは気づかないはずだ)

壺を元通りにして、しばらくあぐらを掻いたまま考えに耽《ふけ》った。考えることや、やらなければならないことはいろいろあるが、まとまりがつかなかった。

(とにかくひとつひとつ片づけていくか……)

着替えをして自宅長屋を出たのはすぐだ。

その際、慎之介は腰高障子の下にちり紙を細長く縒《よ》って、糊付《のりづ》けした。誰かが侵入すれば、そのちり紙が落ちるか切れる仕掛けだ。

表道に出ると、周囲に警戒の目を配った。不審な人間やあやしげな影はなかった。

自宅から琴乃の家までは、さほどの距離ではない。神戸《かんべ》藩本多《ほんだ》家上屋敷を右に折れると、錦《にしき》小路になる。左は護持院ヶ原の馬場、右は旗本屋敷地なので、静かな通りだ。

登城する旗本の姿もなく、ひとりの棒手振《ぼてふり》とすれ違っただけだった。

琴乃の家は、護持院ヶ原が切れた先にあった。今日の目的は琴乃に会うことではない。琴乃の父・嶋田与左衛門に会って話をすることだ。

とはいっても面識がない。まずは琴乃を呼び出そうと考えた。

屋敷はさほど大きくはなかったが、塀越しにのぞく松の枝振りを見て、主の目が行き届いていることがわかった。

「お頼み申す！」

慎之介は門前で大声を張った。ついで門扉《もんぴ》をたたいた。

琴乃が出かけていたらどうしよう、父親の与左衛門がいなかったらどうしよう、という不安がちらりと頭をかすめた。

「どなた様で？」

門内から声が返ってきた。

「わたしは桜井慎之介と申す者。琴乃様に面会したくやってまいった。取り次ぎをお願いしたい」

短い間があって、桜井様ですねという声が返ってきた。さようだと応じると、しばしお待ちをという声と、門の向こうにあった人の気配が消えた。

手持ち無沙汰《ぶさた》に門前をウロウロしていると、脇にある潜り戸が開き、琴乃が顔をのぞかせた。目があうと、琴乃は気恥ずかしそうな笑みを浮かべて、

「桜井様、いったいいかがなさいましたの……」

と、長い睫毛《まつげ》をしばたたいた。

「じつは他でもない頼みがあるのです」

琴乃は表に出てきて、なんでしょうと黒い瞳を向けてくる。色白の顔が日の光にまぶしい。やはり、これはいい女だと思うが、慎之介は気を引き締めて言葉をついだ。

「あることを知りたくて、ぜひともそなたの父上の教えを受けたいのだ。たしかお父上は勘定吟味役を務めておられたと聞いたのだが……」

「さようです。でも、どんなことかしら？」

琴乃は小さく小首をかしげる。

「その、いまの幕府の政について教えを請《こ》いたい。わたしの父が新番組で組頭を務めていたことはそなたにも話したはずだが、いろいろと考えることがあって、ひとつ相談をしたいのだ」

「まあ、それは感心なことですわ。きっと父は喜ぶと思います。どうぞお入りになって」

琴乃は気さくに屋敷内に促《うなが》した。

庭にはさっき琴乃に取り次いだ中間《ちゅうげん》が立っていた。

「お父上はいらっしゃるのですね」

「ええ、小普請入りをしてからは、家にいてばかり。たまにはお出かけになってもいいのではと思うのですけど……」

慎之介は琴乃と並んで歩きながら屋敷内を眺めた。庭は広くはないが手入れが行き届いている。

式台《しきだい》のある玄関に入ると「少しお待ちになって」と、琴乃は慎之介を待たせて奥に消えた。静かだった。庭で小鳥たちが楽しそうにさえずっていた。

「桜井様、どうぞお上がりになって。こちらです」

琴乃はそのまま慎之介を案内した。

与左衛門は庭に面した書院にいた。文机《ふづくえ》に本が開かれていた。床脇には書物が山のように積んであった。

「桜井慎之介と申します。失礼を顧《かえり》みずお目もじに預からせていただき光栄至極です」

慎之介は恐縮していた。相手が琴乃の父親だからなおさらだった。

「まあ楽になさいな。そなたのことは以前ちらりと琴乃から聞いたことがある。お父上は新番組にいらしたそうだな」

「はい、もう大分前に亡くなりましたが……」

「それで、幕政について訊ねたいことがあるとか……。これ琴乃、お茶を」

はい、とこたえた琴乃はつと立ち上がると、ちらりと慎之介を見て奥に消えたが、視線を向けたとき、口の端に好意的な笑みを浮かべた。

「静かでよいお屋敷ですね」

間が持てないので、慎之介は先に口を開く。

「そなたの住まいは？」

「高輪にありますが、仕官しておりませんので、人に貸して、わたしは皆川町の長屋で浪人のような暮らしをしています」

「では、近所にお住まいなのだな。なぜ、仕官されぬ？」

与左衛門は額の広い面長で、品のある顔をしていた。年齢のわりには白目がきれいで、耳が大きかった。

「したくてもなかなか難しゅうございます」

「まあ、このご時世であるからな」

与左衛門は手にした扇子を弄《もてあそ》ぶように開いて閉じた。

「それでいかようなことを……」

与左衛門がいったとき、琴乃が茶を運んできた。二人の前にその茶を置くと、

「わたしは席を外したほうがよろしゅうございますね」

と、打診するように二人の顔を見た。

「いえ、わたしはいっこうに構いませぬ」

慎之介が応じると、「では、そこへ」と与左衛門が促した。琴乃は少し下がって、部屋の隅《すみ》に静かに座した。

「お伺いしたいのは、老中の水野出羽守忠成様と水野越前守忠邦様のことです」

そういったとたん、与左衛門の眉宇《びう》がひそめられた。

慎之介はつづける。

「小耳に挟んだのですが、幕政を牛耳《ぎゅうじ》っているのは出羽守様で、それも幕府内では賄が横行し、収支は放漫で、幕府の屋台骨が揺らいでいるといいます。それにもかかわらず、重臣らは奢侈《しゃし》に耽り、経済の建て直しを疎《おろそ》かにしているとか

……」

与左衛門の表情が硬くなっていた。慎之介は構わずにつづける。

「お上は贅沢三昧の暮らしをしながらも、質素倹約に努めよという厳しい触れを再三出しています。金銀改鋳《かいちゅう》なども行われているようですが、それも焼け石に水。他の策も立てられていませんが、江戸の町民や在の暮らしはよくなっていません。諸国も同じだと聞きます。そして、その諸悪の元が老中首座にある出羽守様と、その側近だと。わたしは無役の身の上、そのようなことには疎く、真偽のほどがわかりません。しかし、嶋田様は勘定奉行の次席格である、勘定吟味役を務められた方。少なからずおわかりになっていると思いまして伺った次第です」

慎之介は一気に話し終えて、与左衛門を見つめた。しかし、ほんとうに聞きたいのは他のことである。

与左衛門は呻吟《しんぎん》するように口を固く閉じ、思案げな目を一度琴乃に向けてから慎之介をひたと見つめた。

「おおむねあたっていよう。出羽守様を誹謗《ひぼう》する川柳《せんりゅう》も流れている。しかし、出羽守様だけをあげつらうのはどうか、とわたしは考えておる。むろん、出羽守様の権勢は公方《くぼう》様の信頼が厚いので揺るぎもしないし、それだけの力もある。だが、わたしは出羽守様にかしずく側近らが感心できぬ」

「それは……」

「うむ」

と、与左衛門はうなったあとで、このこと構えて他言無用だ、と慎之介と琴乃に釘を刺してつづけた。

「わたしが小普請入りをしたのは、じつは出羽守様のお気に召されなかったからだ。勘定方は、幕府財政を一手に引き受けている手前、その収支はつぶさにわかる。幾度も諫言《かんげん》をしたが、聞き入れられることはなかった。その挙げ句が小普請入りである。時の権力に逆らえば、どうなるか身をもって知ったというわけだ」

「ではわたしが聞いたことは、出鱈目《でたらめ》ではなかったということですね」

「まあ、そうだな」

「いま、側近らとおっしゃいましたが、それは田沼玄蕃頭様や松平和泉守様、あるいは松平周防守様ということでしょうか？」

「ほう、よく知っておるな。これは幕閣に身を置いていた者としては片腹痛いことだ。だが、ここだから、また桜井慎之介殿を一廉《ひとかど》の人物と見て申す。出羽守様の政を補しているのは、御側御用取次《おそばごようとりつぎ》・水野美濃守忠篤《みののかみただあつ》様、若年寄・林肥後守《はやしひごのかみ》忠英《ただふさ》様、小納戸頭取《こなんどとうどり》・美濃部《みのべ》筑前守《ちくぜんのかみ》茂育《もちなる》様だろう」

与左衛門は、いわゆる後世でいう「三佞人《さんねいじん》」の名を口にした。慎之介が初めて耳にする人物だった。

「その人たちは……」

慎之介は目をぱちくりさせる。

「将軍家斉公にすり寄っているたわけ者だッ。己の腹を肥やすことしか知らぬやつばらだ」

与左衛門は腹立たしそうに、扇子で膝をたたいたあとで、はっと我に返った顔になった。

「くどいが、ここでの話は他に漏らすではないぞ」

「はは、よく心得ております」

慎之介は与左衛門のことが好きになった。

（よき娘には、よき父ありき）

と思いもしたが、真に聞きたいのは別のことである。

「それで水野越前守様はどうなんでしょうか？」

「あの方は出羽守様の力によって、いまの地位を築かれた方。だが、人物だ。いまは西の丸の家慶様のおそばに仕えておられるが、いずれは本丸に移られるだろう。そのとき、幕政は大きく変わるはずだ。じつは、わたしはそのときが早く来ないかと待っているのだ。おそらくいまの幕府のあり方を、真剣に考えておられるのは、越前守様をおいて他にないといってもいいだろう」

「越前守様のご家来に岡部四郎三郎という方はいませんか？」

「知っておる。越前守様のご用人だ」

慎之介はカッと目を光らせた。

「その方はひょろりと背が高く、年のころは五十ぐらいでは……」

大事なことである。慎之介はまばたきもせずに与左衛門を見る。

「いや、あの方は小太りだ。年はそのぐらいであろうが……。岡部様がいかがした？」

慎之介はしてやられたと、内心で悔しがった。これで自分たちが罠にはまっていたことがはっきりした。

「ちょっと、どんな方かと思いまして。それにしても突然お伺いし、長々とお邪魔をしました」

「もうよいのか？」

「は、今日はこの辺で十分です。また、折を見てお話を聞かせてもらいたく存じます」

「さようか。ま、暇な身である。いつでも遊びに来られるとよい」

「恐悦至極でございます」

慎之介は深々と頭を下げた。


「桜井様、お役に立って……」

見送りについてくる琴乃が、愛らしい笑みを浮かべて見てくる。

「大いに役に立ちましたぞ。琴乃殿にも感謝しなければならぬ。ほんとうはもっとそなたと話をしたいのだが、いまは何かと用が多い。今度ゆっくり会えないだろうか」

「構いませんわ」

「ほんとに」

慎之介がきらきらと目を輝かせれば、琴乃は嬉しそうに微笑む。

「では、近いうちに」

「はい」

門前で琴乃と別れた慎之介は、半ば浮かれ気分であったが、すぐに現実に立ち返り、気を引き締めた。

六

「真っ赤な嘘」

お松は目をみはって慎之介を見た。

「そうさ、岡部四郎三郎という人はたしかにいる。だが、おれたちが知っている男は偽者だ。やつは、越前守様の家臣の名を騙《かた》り、おれたちをうまく嵌《は》めたってわけさ。だが、もうそんなことはどうでもいい。やつらを探して金を奪い取るんだ」

「どうやって探すっていうの？　とっくに江戸を離れているかもしれないのよ」

「そりゃあわからねえことだ。だが、このまま泣き寝入りはしたくない。おまえだってそうだろう」

お松は表情を厳しくして頷く。

おかね婆さんの煙草屋のそばにある茶店だった。

二人は葦簀の陰にある床几に座っていた。

「どうやって探すか、あれこれ考えてみた。まずは、おまえを最初に口説きに来たのは偽者の岡部だった」

「やっと大久保常蔵よ。半月ほど前のことだった」

それは、お松が勤めていた扇屋《おうぎや》という、柳橋の料理屋からの帰りだったという。

「二人だけだったのか？」

「そう。わたしのことを偽岡部はなんでも知っていたわ。鳴尾道場のことも父のことも、そして死んだ姉のことも。それにしてもよりによってわたしを選ぶなんて……」

お松は唇を嚙む。

「おまえに柔術の覚えがあるのと、出羽守に恨みを持っているというのが、やつらに気に入られたのだろう。それに、仲間に女がいれば、使い道もある。おまえもそういったではないか。とにかく、偽岡部の眼鏡に適《かな》っていたということだ」

「それはあなたも同じってことよね。でも、わたしもやつらを探す手立てがないか考えたわ。まず、あなたを連れ込んだ屋敷がある」

「おれもそれを知りたかったんだ」

「あれはあなたの家のそばよ。三河新道《しんみち》の先にある空き屋敷よ」

「その主は？」

お松は首を振った。

慎之介は遠くの空を見た。おそらく偽岡部たちは、空き屋敷を調べ、うまく利用したのだろう。屋敷の主を探しても、つながりはないと考えるべきだ。

「おれに最初に近づいたのはおまえと偽岡部、そして常蔵だった。それから中村玄太郎と戸根英三郎、最後に井上天兵衛があらわれた。おまえはいつ天兵衛に会った？」

「それはあなたと同じ。玄太郎と英三郎は、あなたの腕を試す前に初めて会ったけど、その二人のこともよくわからない」

「わからないというのは？」

「口が重いっていうか、二人とも取っ付きにくかったし、無駄口は一切たたかないのよ」

「それにどことなく人を寄せつけまいとしていた」

「そう」

「偽岡部が姿を消したあと、しゃべくりまくって指図をしていたのは、いつも天兵衛だった。やつを探す手掛かりになるようなことを聞いていないか?」

「あなたも聞いたと思うけど、水野越前守の家中で剣術指南をやっていたってことだけよ。どうせ嘘っぱちでしょうけど……」

「多分な。それじゃ山形屋は?」

「あれは天兵衛が話をつけたのよ。山形屋を探っても、おそらく関わりはないと思うわ。やつらは相当悪賢《わるがしこ》いから、これまでのことでわかるでしょう」

「山形屋もだめ、おれが最初に連れ込まれた屋敷もだめ、するとやつらを探す手掛かりはなんだ?」

「千両箱を運ぶために借りた船を調べても、おそらくうまくやっていると思うわ。そこから探すのは難しいかもしれない」

「じゃあ、どこに手掛かりがあるってんだ……」

慎之介は自問するようにつぶやいた。

「わかっているのは、やつらが出羽守やその側近に詳しいということよ」

「たしかにそうだろう。すると……」

慎之介は足許に向けていた顔を、すっと上げた。

「すると、なに？」

「やはり出羽守の家来かもしれねえ。もしくは、和泉守か周防守の家来……。でなければ、ああいう話はできないはずだ。少なくとも偽岡部はそうかもしれねえ」

「天兵衛はどう？」

「さあ、どうだろう。しかし、なぜおれとおまえに目をつけたんだろう。それには少なからずおれたちのことに詳しい人間が関わっているんじゃないか。偽岡部は、おまえが出羽守の三男・忠義様に恨みを持っていることを知っていた。それはつまり、おまえの姉が忠義様に手込めにされ、それを苦にして死んだということを知っていなきゃならない」

「そうかもしれない」

お松は目を光らせた。

「それからおまえは鳴尾道場にいた。そのことを知っていたということは……」

「もしや……」

お松は宙の一点を凝視して、言葉を切った。

「なんだ？」

「鳴尾道場に天兵衛のような男はいなかった。だけど、道場に出入りしていたのかもしれない。あるいは門弟の誰かに話を聞いたのかも……」

「そうだ、やつは剣術指南をやっていたといった。腕もかなりなものだ。それはあり得ることかもしれねえ」

「すると、あなたのことは……」

お松がきらきら光る瞳を向けてくる。

「おれのことをよく知っているのは、義父の同輩……」

慎之介はそこまでいってハッとなった。

義父・勘三郎には下役がいた。そして、自分のことをよく知っている者がいた。高輪の屋敷によく遊びに来ていた番士だ。

岩崎啓次郎《いわさきけいじろう》――。

「もしや……」

「どうしたの？」

「おれだけでなく、おれの両親をよく知っている人がいる。岩崎啓次郎という義父の下役の番士だ。義父が死んだあとは疎遠になっているが、もしやつらが岩崎様に近づいているなら、おれのことを調べるのは造作《ぞうさ》ないことだ」

「他には？」

「何人かいるにはいるが、うちの屋敷に足しげく通って、おれを可愛がってくれたのはその人だけだ」

「会える？」

「多分。よし、おれは岩崎様に会う。おまえは鳴尾道場の門弟をあたってくれないか」

「わかったわ」

お松は目を光らせた。

七

岩崎啓次郎の屋敷は、麻布《あざぶ》にある光林寺《こうりんじ》のそばだった。登城していれば出直すか、下城を待つしかないと肚《はら》をくっていたが、岩崎は自宅屋敷にいた。

「これは何年ぶりであろうか。さ、さ遠慮せずお上がりなさい」

岩崎は慎之介を見るなり、さも嬉しそうに相好《そうごう》を崩し、座敷にいざなってくれた。

「ご無沙汰をしております。お達者のようで何よりです」

「いやいや、達者に見えるだけで、どうにも腰の具合を悪くしてな。勤めがままならぬので、早々と隠居だ。それにしてもよく来てくれた。仕官はしていないと耳にしていたが、何をしておるのだ？　積もる話もあるが、その前に……」

岩崎は手を打って女中を呼ぶと、茶を持ってくるように指図し、またしわ深い顔をほころばせた。会うのは数年ぶりだが、髪は白くなり、ずいぶん老けて見えた。

「仕官のほうは考えているのですが、なかなかうまくいきません」

慎之介は話をあわせることにした。

しばらく近況と世間話をしたが、岩崎はよほど慎之介の来訪が嬉しいらしく、昔話にも花を咲かせた。その間に茶が二度差し替えられた。

「それにしてもこのごろはめずらしい客が来るものだ」

慎之介の近況（多分に脚色をしたが）を聞いたあとで、岩崎はそんなことをいった。

「どなたでしょうか？　もしやわたしの知っている方でしょうか？」

「それはないだろう。ご老中・松平越前守様のご家来だ。ここからあの方の上屋敷が近いせいもあり、昔はよく酒を飲んだものだが、わたしが隠居するとその縁も切れておった。ところが、二月《ふたつき》ほど前にこの近くに来たということで寄られたのだ」

「なんという方です？」

慎之介は目を光らせた。

「津田彦右衛門《つだひこえもん》という方だ。殿様は水野越前守様だが、曰《いわ》くあるご家来でな」

「津田彦右衛門様……曰くあるとは？」

慎之介は身を乗り出すようにして聞く。岩崎は少し逡巡したが、

「まあ、そなたのことだから構うまい。じつは彦右衛門殿の長兄は吉右衛門《きちえもん》と申され、越前守様の添役《そえやく》だった。ところが、越前守様が唐津から浜松に転封されたおり、諫死《かんし》されたのだ。深い事情はわからぬが、そんなことがあったようだ。しかし、彦右衛門殿も致仕《ちし》され、野に下って、いまはのんびり江戸住まいらしい」

岩崎はしばらく彦右衛門との関係を話した。

初めて会ったのは伏見町の料理屋で、酔った勢いで近しくなり、互いのことを知り、ときおり酒を酌み交わすようになったという。

「その方はおいくつぐらいですか？」

「半白髪だが、まだ五十を越えて少しだろう。いつも人を包むような笑みを絶や

さぬ人で、なかなかの好人物だ」

「痩せて背が高くはありませんか」

「そうだが、なぜそのことを？」

「いえ、半白髪の品のよいご老人を、越前守様の屋敷近くで見ましたので……」

体《てい》のいい嘘だったが、慎之介は岡部四郎三郎が、津田彦右衛門ではないかと思った。

「さようか。するとそうかもしれぬな」

岩崎は応じたあとで、また慎之介の義父・勘三郎との来し方を話した。慎之介は適当に話に付き合い、ころあいを見計らって辞去の旨を告げた。

「また遊びにいらっしゃい。腰はどうもよくないが、他はまだまだ達者だ」

表口まで送ってくれた岩崎は、そういって短く笑った。

「そうだ。そのさっき話に出ました津田彦右衛門様ですが、どちらにお住まいでしょうか？」

「わたしも頓馬《とんま》なことに聞きそびれたものだ。しかし、なぜ彦右衛門殿のことを……」

岩崎は訝《いぶか》しそうに目を細めた。

「越前守様の元ご家来なら、わたしに仕官の口を利いてくださらないだろうかと、そんなことを思っただけです。いや、このことお忘れください。わたしはわたしで道を切り開かなければなりませんので。では、これで失礼いたします」

岩崎啓次郎の屋敷をあとにする慎之介は、わずかに心を高ぶらせていた。もし、岡部四郎三郎と名乗った男が、津田彦右衛門であれば、さほどの手間をかけずに尻尾《しっぽ》をつかむことができるかもしれない。

その日の夕刻、約束どおりに卯乃吉の長屋を訪ねると、すでに本人はあぐらを搔いて待っていた。

「どうだった?」

「兄貴を待ってたんです。向こうじゃどえらいことが起きてましたよ。兄貴がいったように、大変な騒ぎです」

「話せ」

慎之介は勝手に居間に上がり込んで、煙草盆《たばこぼん》を引き寄せた。

「ひでえ盗賊があらわれたんです。そいつらは大名家の御用金を運んでいた一行を襲い、まんまと金を盗んでやがんです。ただの盗みじゃありません。警固の侍を皆殺しにしてんです。首を刎《は》ねられた侍もいたそうで、盗みの場は血の海だったといいやす」

「ひでえな……」

まさかそこに自分がいたとは、口が裂けてもいえない。

「それだけじゃねえんです。盗賊の一味は五大力船を使って金を運んだんですが、千両箱三つを立会川に落としてんです。どういうことでそうなったかまでは聞かなかったんですが、宿役人らが沈んでいた千両箱を拾いあげています。三つですから、三千両ですぜ」

「役人というのは品川の問屋場《といやば》の連中か、それとも番屋のほうか？」

「問屋場のほうです。それから金を運んだ船ですが、それも見つかってます」

「どこで？」

「高輪南町の荷揚場《にあげば》です。賊はそこから大八車で、北のほうへ向かったらしいんですが、足取りはそこで切れてます。そんなこんなで、品川には町方の連中がウロウロしてますよ」

すると天兵衛らは泪橋からさほど移動せずに、船を捨てたということだ。

「賊のことはわかってるのか？」

「まだのようです。なんでも賊の顔を見た者がいないらしいんです。兄貴、まさかその賊を追うつもりじゃないでしょうね」

「それはどうなるかわからねえ。だが、金になるかもしれねえ」

慎之介は舌なめずりをして、煙管に火をつけた。

「賊は五千両盗んで逃げてます」

「そりゃどうしてわかった？」

「御用金を運んでいた馬子と箱持ち連中は、賊があらわれたと同時に逃げてるんで、無事だったんです。そいつらが話したようで。なんでも、老中松平和泉守様の家来だという話です」

どうやら品川では、大まかな調べが終わっているようだ。だが、賊の顔を見た者がいないのはさいわいだった。

「それで他にわかったことはあるか？」

「だいたいそんなところですが、もっと聞いてこいって兄貴がいえば、行ってきますよ」

卯乃吉は感心なことをいう。

「そうだな。だが、その件をどう料理したら金になるか、そのことを考えるのが先だ」

「何かあるんですね」

卯乃吉が身を乗り出してくる。

慎之介はもう一口煙管を吸いつけてから、雁首《がんくび》を灰吹きに打ちつけた。

「考えてることがある。おまえはしばらく大人しくしていな。少ないが酒手《さかて》だ」

慎之介は小粒（一分金）二枚を卯乃吉にわたしてから、おかねの煙草屋に向かった。

卯乃吉を品川に行かせたのは正解だった。

天兵衛らの動きが少なからずわかったのだ。しかし、問題はこれからである。

すでに日は大きく西にまわり込み、雲の隙間《すきま》から幾条《いくすじ》もの光が地上に射していた。先日まで鳴いていた、蜩の声が途絶えている。

江戸は秋を迎えたのだ。

おかねの店に、お松は戻っていなかった。

「あんたら、いったい何をしてんだい。朝からコソコソ話してると思ったら、一日中どっかをほっつき歩いてる」

店番をしているおかねが、暇にまかせてそんなことをいう。

「年寄りと違って、若いうちはやることがいろいろあって忙しいんだよ」

「何いってやがる。あたしだって若いうちがあったんだ。知ったふうな口を利くんじゃないよ」

「まったく口の減らねえ婆だ」

「口が減らねえのはどっちだい」

口じゃおかねには敵《かな》いっこない。だが、憎まれ口を利いたすぐあとで、饅頭《まんじゅう》を買ってあるが食わないか、と人を思いやることも口にする。

「せっかくだからもらおうか」

その饅頭を食い終わったとき、お松が町の角に姿を見せた。

慎之介が立ち上がってそばに行くと、

「慎之介さんの勘が当たったわ。井上天兵衛のことがわかった」

と、お松は開口一番にいった。

第五章　二本榎《にほんえのき》

一

「道場の師範代だった武藤駿慶《むとうしゅんけい》さんに、わたしのことをあれこれ聞いているの。武藤さんとは、それほど親しい仲ではないけど、天兵衛はたまに鳴尾道場にやって来て、武藤さん相手に稽古をしていたのよ。わたしはまったく知らないことだったけど……」

「それでやつの住まいとかは？」

「本郷《ほんごう》四丁目だと武藤さんは聞いているけど、詳しい場所はわからないって」

「中村玄太郎や戸根英三郎のことは？」

それはわからない、とお松は首を振ってつづけた。

「おそらく二人は、天兵衛に誘われたんだと思うわ。武藤さんの話では、天兵衛は遠州《えんしゅう》から来た浪人らしいので、玄太郎や英三郎も同郷の浪人かもしれない」

「遠州といえば、水野越前守様の膝許《ひざもと》だ。やつも浜松の出なのかもしれねえ。立ち話もなんだ。そこで話そう」

慎之介は近くの茶店に入って、岩崎啓次郎から偽岡部四郎三郎らしい男の話を聞いたといった。

「すると、その彦右衛門という男が……」

「そりゃわからねえ。だが、彦右衛門の兄、津田吉右衛門は越前守様の転封をよしとせず、腹を切って果てている。そのことがあるから彦右衛門は、越前守様をよく思っていないのかもしれない。そうでないとしても、老中職にある藩の家臣だから、少なからず幕政に通じているはずだ」

「津田彦右衛門が、岡部四郎三郎様の名を騙ったとしてもおかしくはないわね」

「うむ、辻褄《つじつま》は合う。だが、彦右衛門の居場所はわからない。それからおれたちがしでかしたことが、品川で騒ぎになってる。おそらく町方だけでなく、火盗《かとう》改《あらた》めも調べに入っているだろう」

そういった慎之介は、卯乃吉から聞いたことを、そっくりそのまま話した。

「やつらは高輪南町の荷揚場で船を捨てたのね」

「そうだ。それから北へ向かったらしいが、その先のことはわかっていない」

「どうする？」

慎之介は少し考えてから答えた。

「津田彦右衛門のことはわからない。人違いってこともある。だが、井上天兵衛のことはたしかにわかっている。やつは、本郷四丁目に住んでいた。そうだな」

お松は唇を引き締めて頷く。

「もうそこには住んでいないだろうが、住まいがわかれば、その周辺から何かわかってくるかもしれねえ。本郷に行ってみよう」

「これから？」

「あたりまえだ。ぐずぐずしていられねえ。だが、その前におれの家に寄りたい。ちょいと仕掛けをしてあるんだ」

「なに？」

「いいから行こう」

夕靄が濃くなっていた。

町屋の上を鴉《からす》が鳴きながら北のほうに飛んでいった。

慎之介は自宅長屋のそばに来ると、お松に忠告をしてあたりに警戒の目を配った。とくにあやしい人間はいないようだった。

長屋に入り、自分の家の前で立ち止まる。腰高障子の下に貼りつけていたちり紙がなくなっていた。

「仕掛けがない」

「風で飛ばされたんじゃ……」

お松がそういって近くに目を凝らしたが、見あたらなかった。

「そうかもしれねえが……」

慎之介は戸を開けて家の中に入った。仔細《しさい》に部屋の隅々《すみずみ》に目を凝らしたが、変わった様子はなかった。そのまま木戸番小屋に引き返し、

「おれが留守をしているとき、誰かやってこなかったか？」

と、番人に訊ねた。

「昼間、二人の侍が来ましたよ」

「なに、侍」

「浪人のような人でしたけど……」

「それはいつごろだ？」

「たしか、七つ（午後四時）前でした。桜井さんが留守なんで、そのまま帰っていきましたけど……」

「そいつらの年とか体つきを覚えてねえか？」

番人は短く視線を彷徨《さまよ》わせてから答えた。

「ひとりはがっちりした体つきで、もうひとりは眉毛がずいぶん濃かった気がします」

慎之介はお松と顔を見合わせた。

おそらく大久保常蔵と中村玄太郎だろう。

「今度そいつらが来たら、居場所を聞いておけ。それからおれは旅に出ているといっておけ。これで頼むぜ」

心付けをわたすと、番人は顔をほころばせて、おまかせくださいとへいこら頭を下げた。

「やっぱりあいつら、おれたちの口を封じる肚《はら》だろう。くそッ」

「しばらくは家に帰れないわね」

「……いざとなったら、おれは家に居座ってあいつらを待ってやる。まあ、その前にやつらを見つけて、金を取り返すのが先だが……」

慎之介は足を急がせながら、お松に誰か尾けて来るやつはいないかと聞いた。

「そんな気配はないわ」

「油断するな」

二人は黙々と歩いた。

昌平橋をわたったころには、すっかり夜の帳《とばり》が下りていた。

井上天兵衛が住んでいたのは、本郷四丁目と漠然としているが、町名主《まちなぬし》を訪ねればある程度のことはわかるはずだ。

町名主は、支配する町に住む人別帳《にんべつちょう》を持っている。誰がどこに越してきて、どこに越していったかなどがそれには書かれている。町名主の仕事は多岐《たき》にわたるが、少なからぬ町人を把握している。

本郷四丁目を支配しているのは、北村義右衛門《きたむらぎえもん》だった。

義右衛門は夕餉の最中だったが、お松がどうしても会わなければならない大事な用があるんです、と心底困り顔の芝居をすると、親切に調べてくれた。

「もう家は越していないようだけど、どこに越したかは、大家にでも聞けばわかるだろう」

その大家は勘兵衛《かんべえ》といって、真光寺《しんこうじ》門前脇に家があると丁寧に教えてくれた。

すぐに二人は勘兵衛の家を訪ねた。

「あのご浪人ですか。越したのはひと月前だったけど、行き先はどうだったかなァ。……こっちもその辺のことはくどく訊ねたりしないからね」

「それじゃ、誰か仲のよかった人は知りませんか?」

お松が聞くと、

「二丁目に伊丹屋《いたみや》という小料理があるんだけど、そこによく出入りしていたはずだよ。そこで聞いたらどうだい」

二人は礼をいって、伊丹屋に向かった。

伊丹屋は本郷通り(中山道《なかせんどう》)に面した小さな料理屋だった。十二畳の入れ込みだけの店で、客は五分の入りだった。女中が二人いて、酒を運んだり空いた器を下げていた。

「ついでに飯を食っておこう」

慎之介は空いている席に、お松と向かいあって座ると、適当に酒と料理を注文し、女中が酒を運んできたところで、井上天兵衛のことを訊ねた。

「井上さんでしたらよく知っていますよ。ずいぶん贔屓《ひいき》にしてもらいましたからね」

ほっぺの赤い太った女中は、愛想がよかった。

「越したらしいが、どこに越したか聞いていないか？」

「それは聞いてませんよ。でもよくお仲間と来てくださいました」

「どんな仲間だった？」

「どんなっていわれても、親しく話しはしませんでしたからね。でも、愛想のない浪人ばかりでしたよ」

女中はそういって、天兵衛が連れてきた浪人の特徴を思いだしながら話した。

おそらく大久保常蔵と戸根英三郎、そして中村玄太郎とみて間違いなかった。

「それで何か聞いていることはないか。なんでもいいんだが、思いだせないか。どうしても会わなきゃならない用事があるんだ」

「そういわれましてもねえ……」

女中は首をかしげたが、何かを思いだしたらしく、ハッとした顔になって手をたたき、

「この前見えたとき、さかんに二本榎、二本榎といってましたよ。何のことだったのかよくわかりませんが、それだけは覚えてます」

と、いった。

「二本榎……」

慎之介にはぴんと来るものがあった。もう一度、他に覚えていることはないかと食い下がったが、女中は首をかしげるだけだった。

「おそらく高輪二本榎のことだろう。やつらは高輪南町の荷揚場で船を降りている。二本榎はそこからさほど遠いところじゃない」

慎之介の言葉に、お松がキラッと目を光らせた。

二

その夜も、慎之介とお松は、おかね婆さんの家に戻った。

「なんだか若い男と女がいると、急にあたしも若返ったような気になるよ。さあ、あんたは酒がいいだろうから、ちゃんと買ってきておいたよ」

おかねは慎之介に酒徳利をわたして、野菜の煮付けや貝の佃煮《つくだに》などを出してくれる。

「肴まで用意してくれたのか。悪いな」

「めったにない客だから、たまにはいいだろう。さあ、たんと召しあがれ。お松さん、あんたもいけるロなら、このおたんちんといっしょにやりな」

「おたんちんはねえだろう」

慎之介がふくれると、お松がめずらしく楽しそうに笑った。

「まったくおかねさんったら、おもしろい人」

「もう先行き長くないから、おもしろおかしく生きなきゃ損だろう。さあ、あたしゃ茶で濁すけど、あんたもやりな」

おかねは枯れ枝みたいな手で、お松に酌をする。

（婆さん、なんだか楽しそうだな）

酒に口をつける慎之介は、苦笑した。しわくちゃの顔を、さらにしわくちゃにするおかねを見るのは悪くなかった。

おかねは勝手なことを小半刻（三十分）もくっちゃべると、疲れたから先に寝るといって奥の間に下がった。

「明日は二本榎へ行くのね」

お松は奥の間に消えたおかねから、慎之介に顔を戻した。

「むろんだ。ここまで漕ぎ着けたんだ」

「相手は五人よ。それも、なまなかではない者たちばかり……」

「恐れはしねえさ。おとなしくしてりゃ、こっちがやられるんだ。やつらが今日おれの家を訪ねたのは、はっきりしている。目的はおれたちの口を封じることだ。襲われる前に先手を打つしかない」

「うまくいくかしら」

お松の目に不安の色が浮かんでいた。

「おまえは手を貸さなくていい。ここにいりゃ当分は安全だろう」

「それはできないわ」

お松はきりっと眉を持ちあげていう。

「おとなしく引き下がっている気はないもの。それに、わたしだって剣術の心得はあるのよ。それを忘れないで」

「道場剣法と実際の斬り合いは違う」

「でも、やるしかないじゃない」

お松はくいっと盃をほした。行灯の灯りを受けた喉《のど》の線がきれいだった。

「本気だな」

「こうなったら、慎之介さんと一蓮托生《いちれんたくしょう》よ」

慎之介はお松を短く見つめてから、小さな笑みを浮かべた。

「なるほど、やつらがおまえに目をつけたのがよくわかったよ」

「……養護所を造るといったけど、本気なの？」

「本気だ」

お松が黒い瞳をまっすぐ向けてきた。

おかねの鼾《いびき》が聞こえてくる。

「慎之介さんて、おもしろい人ね。でも、悪くないわ」

「どういう意味だ？」

「見かけ倒しだと思っていたけれど、案外そうでもないってこと」

「見くびられていたんだな。まあ、どうでもいいが……」

慎之介は手酌をして酒を飲んだ。

「やつら、あの金をどうする気かしら？」

「山分けだろう」

「水野越前守様の屋敷に届けたなんてことは……。岡部四郎三郎と名乗った、津田彦右衛門らしき男は、越前守様の元家臣よ。隠居してるらしいけど、それは隠《かく》れ蓑《みの》で、やはり越前守様の考えで動いているとしたら……」

「そんな輩《やから》じゃないはずだ。おれたちには、いかにももっともらしいことをいったが、あれはおれたちを信用させるための作り話だった。そうとしか思えねえ。

端から御用金を狙っての計略だったんだ」

「……………」

「御用金は年に何度も、ほうぼうから集められている。そのほとんどは豪商たちからだ。偽岡部は、そのことをよく知っていた。そして、周防守と和泉守が御用金を用立てることを知った。そのために、手の込んだ計略を立て、おれたちは使い捨ての駒にさせられた。考えれば考えるほどむかつく」

「……そうね」

「明日、ひとり助っ人を連れて行く。腕っ節は弱いが、何か役に立つはずだ」

「信用できる人」

「心配には及ばねえ」

三

「ご、五千両ですか！」

卯乃吉は心底びっくりし、これでもかというほど団栗眼《どんぐりまなこ》をみはった。

「そうだ、おれたちはそれを取り返す」

「と、取り返すって、まさか兄貴が五千両持っていたってことじゃないでしょう」

卯乃吉は慎之介とお松を交互に見る。

夜明け前におかねの家を出た慎之介とお松は、卯乃吉を訪ねたばかりだった。

「慎之介さん、いきなりそんなことといったって、わからないわ」

お松が割り込んできて、わかりやすくこれまでの経緯を話した。

「それじゃ兄貴たちは、そいつらにまんまと騙されたってことじゃないですか。て、ことは品川の騒ぎに、兄貴たちが絡んでいたってことですか」

お松の話を聞き終わった卯乃吉は、それでもまだ信じられないという顔をしていた。

「とにかくこのまま泣き寝入りはしていられねえ。それに、やつらは口封じのために、おれとお松の命を狙っている」

「それじゃ踏んだり蹴ったりじゃないですか。でも、五千両を取り返すって……五千両ですか……」

卯乃吉は金魚のように口をぱくぱくさせた。

「おまえにも手伝ってもらうから、ついてこい。さ、いつまでもそんなとこに座ってんじゃねえ」

夜具に座っていた卯乃吉は、ぴょんと立ち上がった。

それからすぐに、三人は高輪二本榎に向かった。

すでに夜は明けていたが曇り空のせいで、江戸の町はまだ夜の気だるさに包まれていた。

慎之介は深編笠を、お松は菅笠を被っていた。お松は着流しに、股引《ももひき》を穿《は》き、二本差しである。傍目《はため》には男にしか見えない。

金杉橋をわたったときに、雲の隙間から日の光が地上に射したが、それも束の間のことで、空は依然としてどんより曇っていた。

「兄貴、そいつらの居場所はわかっていないっていうけど、どうやって探すんだい？」

卯乃吉が並んで聞いてくる。

「聞き調べるしかねえ。それに、おれには考えがある」

「それは……」

「高輪はおれが育った場所だ。やつらが最初、おれに不意打ちをかけて連れ込んだのは、空き家になってる旗本屋敷だった。高輪にもそんな家が何軒かある。それに、空き家になってる百姓家も……」

「見つけられりゃいいですね」

「見つけるんだ」

慎之介は足を急がせた。

往来を歩く人の数が増えていた。登城する幕臣や、大名家の一行と何度かすれ違った。

通り沿いの商家はすでに暖簾を上げているし、町屋のどこからともなく材木を打つ杵《きね》や玄翁《げんのう》の音が聞こえてきた。

三人はまず高輪南町の荷揚場に行った。岸壁に大小の舟が係留《けいりゅう》されていたが、天兵衛らの使った五大力船は見あたらなかった。

「あの船はどこに行ったんだ」

「町方が調べて、持ち主に返したんじゃ……」

お松が答えた。慎之介もそうかもしれないと思う。

「問題はここから先だ。やつらはこの荷揚場から大八車を押して、二本榎に向かったはずだ。虱《しらみ》つぶしに聞き込みをかけて行こう」

三人は鹿児島藩島津家と久留米《くるめ》藩有馬《ありま》家の両抱《かかえ》屋敷を隔《へだ》てる道に入った。急ではないが上り坂だ。それに、しばらくは大名家の長塀がつづく。

土地の者がおしゃもじ横町という通りである。人の姿は少ない。途中に小さな祠《ほこら》があるが、やはり人とは出会わない。

（なるほど、やつらは人気《ひとけ》のない道を選んだというわけか……）

慎之介は歩きながら納得する。

中津《なかつ》藩奥平《おくだいら》家の屋敷を過ぎると、左に曲がる道がある。百姓地から白金猿町《しろかねさるまち》に通じる道だ。慎之介はその入り口で足を止めた。

「どうするの？」

お松が聞いてくる。

「北へ行っても二本榎までは大名家の屋敷ばかりだ。こっちに行ってみよう」

慎之介は白金猿町に向かう道を選んだ。

道は狭く、田畑と雑木林が迫ってきて、やはり人気はなかったが、すぐに白金猿町の通りに出た。

「手分けして聞いていこう。終わったら、この町屋の北外れで落ちあおう」

指図をした慎之介は、通りを南に下った品川台町《だいまち》まで足をのばした。

通りにあるのは、品数のうすい小店ばかりである。どこの店の者も、暇そうな顔をしていた。慎之介は順繰《じゅんぐ》りに聞き込みをしていったが、何も得ることはなかった。

卯乃吉とお松に期待をして、待ち合わせの場所に行くと、卯乃吉がぼさっとした顔で立っていた。賊を見た者はいなかったという。

「これじゃお松の聞き込みもだめだろうな」

慎之介が路端《ろばた》の石に腰をおろすと、お松が小走りにやって来た。

「だめだわ。誰もやつらを見た人はいないわ」

「それじゃ、つぎだ」

慎之介はそのまま二本榎の道に出た。

大名屋敷を過ぎると、東側に高輪小台町《こだいまち》がある。その先にも、町屋がつづく。

「おれは伊皿子のほうへ行って戻ってくる。国昌寺《こくしょうじ》の門前に茶店がある。そこで落ちあおう」

すぐに三人は分かれて聞き込みに走った。

慎之介は熊本《くまもと》藩細川《ほそかわ》家の中屋敷を過ぎて、芝伊皿子台町の外れまで行き、引き返しながら聞き込みをはじめた。

四軒目の店で、若い小僧が妙なことをいった。

「お侍と同じことを聞いてきた人がいますが、いったい何があったんです？」

「それはどんなやつだった？」

「どんなってお侍と同じような身なりをしてました。二人いましたよ。四、五人で大八車を押していった浪人を見なかったかと。そんな人は見ませんでしたけどね」

「そうか……」

慎之介は町方の探索だろうと思った。

そのあとで訪ねた店でも、同じことをいう者がいた。

（おそらく町方だろう）

小半刻ほどして、待ち合わせの茶店に行くと、お松と卯乃吉がいた。

「おかしいわ。やつらを探している侍がいるらしいの」

お松が真っ先に報告する。

「おいらもそのことを聞きました。だけど、大八車を見た者がいました」

「それで何かわかったか？」

慎之介は卯乃吉に顔を振り向けた。

「そこの先を左に曲がって行ったらしいです」

慎之介はさっとそっちを見た。すぐに立ちあがり、卯乃吉のいう坂道に入った。

目黒不動《めぐろふどう》につながる道で、すぐ先は樹木谷《じゅもくだに》という場所だ。

慎之介の勘が働いたのは、坂を上っているときだった。樹木谷の中には二軒のあばら家がある。

（ひょっとすると、そこかも……）

坂を上り、少し下った先に玉名川《たまながわ》が流れていて、橋が架かっている。その手前を右に折れて林の奥につづく道を辿ると、荒れ果てた庭の先に朽《く》ちかけた家があった。

「用心しろ」

慎之介は足音を殺し、息をひそめて注意を与えた。

「卯乃吉、何かあったらおまえは逃げるんだ。高輪のおれの屋敷で待て。屋敷はわかるな？」

「へえ、一度行ってるんでわかりやす」

雑草だらけの庭に入った。屋内に人の気配はない。

慎之介が忍び足で戸口に立ったときだった。

「おい、そこを動くな」

と、突然、林の中から声がわいた。

慎之介がそっちを見ると、ひとりの男が木の陰からあらわれた。ひとりだけではなかった。まわりに四人の男がいた。町方なのか、そうでないのかわからない。

「逃げろ」

慎之介が卯乃吉にいったとき、男たちは刀を抜いて地を蹴った。

四

「逃げるんだ！」

慎之介は再度、卯乃吉を促すと、斬りかかってきた男の刀をすり上げて、右に飛んだ。相手はすぐさま袈裟《けさ》懸けに襲いかかってくる。

慎之介は欅《けやき》の背後にまわって斬撃を避け、刀を逆《さか》袈裟に振り上げた。

「きさまら天兵衛らの仲間だな」

襲ってくる男はそんなことをいう。

「仲間じゃねえ」

言葉を返して、相手の撃ち込みを避けた。お松が二人の男に挟み撃ちにされ、進退窮《きわ》まっていた。慎之介は目の前の男に、鋭い突きを送り込むと、お松の助《すけ》に走った。

「おまえも逃げるんだ」

「でも……」

「いいから、行けッ」

強くいったとき、左の男が鋭く撃ち込んできた。慎之介は腰を低めて、右足を送り込みながら脇腹を断った。だが、紙一重《かみひとえ》のところでかわされた。

転瞬、身をひるがえした慎之介は相手の体勢が整う前に、肩先を斬った。ピッと短い血飛沫《ちしぶき》が上がったが、深傷《ふかで》ではなかった。

斬られた男は肩を押さえて下がった。慎之介はその男にはかまわず、お松を追おうとしている男の背に一太刀浴びせた。

だが、わずかに刀が届かなかった。危機を感じたその男はすぐに振り返り、慎之介に正対するやいなや、左面を狙って鋭く撃ち込んできた。

雑草が足に絡みつき、茂った枝葉が慎之介の攻撃の手を邪魔した。相手の攻撃をかわしきれないと悟り、横に飛んだ。ところが体が太い幹にぶつかり、地に倒れてしまった。

相手はその隙を逃さず、さっと刀の切っ先を喉元に突きつけてきた。

「ここまでだ。神妙にしろ」

慎之介は何の抵抗もできず、息を呑んで相手を見るしかなかった。

鞭《むち》がしなり、慎之介の若々しい肌にまた新たな赤い条《すじ》が浮き上がった。

鞭を打つのは、無精ひげを生やした大柄な男だった。仁王立ちになり、びゅんと鞭をうならせ、いわぬか、と仁王のように目を剝く。

鞭が風切り音を立て、慎之介の肌に食い込む。

ピシッ、ピシッと二回。さらにもう一回。

気を失いかけた慎之介は、その痛みで目を覚ます。

他の三人は、板の間に座ってじっとその様子を見ている。

さっきのあばら家に連れ込まれた慎之介は、両足を縛られ、後ろ手にされていた。

うなる鞭は皮膚を食い破り、血管を裂く。鞭をたたきつけられるたびに、雷に打たれたような衝撃が背筋に走る。

「しぶとい野郎だ」

鞭を持った男は打ち疲れたのか、ハアハアと荒い息をしていた。

「おれが代わろう」

居間にいたひとりが土間に下り立ち、転がっていた薪《まき》ざっぽうを手にした。

「さっさと白状したほうが身のためだ」

男はそういうなり薪ざっぽうを振り上げた。

慎之介は体をふるわせた。体の奥深いところから、死期が近づいているような恐怖に襲われた。薪ざっぽうで殴られるたびに、意識が遠のきそうになる。まわりにいる男たちの顔は、ぼんやりとしか見えない。

こいつらは他人の痛みなどには何の痛痒《つうよう》も感じずに、容易《たやす》く恐怖に陥《おとしい》れる冷酷無比な畜生《ちくしょう》だ。

ぶんとうなる薪ざっぽうが、骨を砕きにきた。それで何度打ちたたかれたのかわからなかった。朦朧《もうろう》とするまま、慎之介は意識を失った。

徐々に意識が戻り、ゆっくり目をこじ開けたのは、どれくらいの時間がたってからのことかわからなかった。

男たちは板張りの居間で話しあっていた。

土壁や板壁、あるいは建て付けの悪くなった戸板の隙間から、何本もの光の条が暗い家の中に射し込んでいた。

慎之介は目だけを動かして、ゆっくり呼吸をした。土間先に千両箱が二つ重ねてあった。

(あれは……)

あと三つあるはずだ。

こいつらは天兵衛らの仲間か……。それともやつらとは……。

そこまで考えたとき、拷問をする男たちの問いかけを思いだした。

――やつらはどこに行った？　どこに隠れている？　おまえは仲間だろう。ここにある金を取りに戻ってきたというのはわかっている。いえ、いわぬか！

慎之介は知らぬ存ぜぬを通していた。下手なことを口にするより、いまは黙っているほうが無難だと考えたからだ。

それが正しいことなのか、間違ったことなのかはまだわからない。それにしてもひどく痛めつけられた。体の節々《ふしぶし》が悲鳴をあげている。背中や胸や脇腹に、熱くひりつく痛みがある。

声をひそめて話しあう男たちの言葉を、いくつか聞き取ることができた。

（こいつらは町方じゃない）

そのことがわかった。さらに、殿のお怒りとか、家中の一大事なのだ、そんな言葉が聞こえた。

（なるほど、こいつらは西尾藩松平和泉守の家来なのだ。すると、目付……）

そのはずだった。

御用金を運んでいたのは和泉守の家来だった。御用金を奪われたことを知った藩は、すぐに探索の手の者たちを差し向けたのだ。

二本榎で、大八車のことを訊ねまわっている侍がいると聞いたが、おそらくこいつらだったのだろう。

（しかし、天兵衛らはどこに行ったのだ）

「ひとまず白金の抱屋敷に、ここにあるだけの金を運び入れておくか」

そんな声が聞こえてきた。慎之介はうす目を開けて耳をそばだてる。

「運び出すときにやつらが来たらいかがする。現に仲間と思われるやつがここにいるのだ。それに二人逃がした。やつらはこの隠れ家を嗅ぎつけられたことをすでに知っていると考えたほうがいい」

声を聞き取れるようになったのは、目付らの密談が終わったか、痺《しび》れていた慎之介の聴覚が戻ったかのいずれかだ。

「やつらは金を奪い返しにくるのではないか」

「やつらは三千両を持っている。そのまま逃げたかもしれぬ」

「では、しばらく様子を見よう。おれは白金の抱屋敷に行き、上屋敷にこのことを知らせる手はずをしてこよう」

ひとりが立ちあがった。慎之介は目を閉じた。

(白金の抱屋敷……)

慎之介は記憶の糸をまさぐり、浜田藩の抱屋敷があることを思いだした。するると、こいつらは浜田藩松平周防守の家来か……。

「こいつをどうする?」

ひげ面の大男がそばに立った。

「見せしめのために、そこの柱にくくりつけておこう」

別の男が来て、慎之介を抱えるようにして土間にある柱にもたれさせ、体をぐるぐると縛りつけた。

万事休す――。

慎之介は何もできなくなった。

五

四人の男たちが家から出て行った。

慎之介は縛《いまし》めをほどこうと体を動かしたが、どうすることもできない。それに体を動かすたびに、痛めつけられた傷がうずき、思わず悲鳴を漏らしそうになった。

（逃げるのは無理か……）

唇を嚙んで、ぼんやりと家の中に視線をめぐらす。片隅に千両箱が二つ積んである。その箱に、隙間から入り込む光の条があたっていた。

家の中はがらんとしている。いたるところに蜘蛛《くも》の巣があり、板の間には埃《ほこり》がたまっていて、男たちのいた場所だけが、板目を見せていた。古びた行李《こうり》や衣紋《えもん》掛《か》けがぞんざいに転がり、剝げ落ちて隙間のある壁に、これも埃だらけの菅笠が掛けてあった。

土間の隅に薪束《まきたば》があり、慎之介の足許に、拷問に使われた薪ざっぽうが転がっていた。

（おれの刀……）

慎之介の刀は、板の間に置かれていた。あれを手にできればと思うが、届くところにはない。慎之介はため息をつくしかなかった。

逃げられないとわかったので、体を休めることにした。無駄に動いても体力を消耗《しょうもう》させるだけだ。

じっとしていると、林の中を吹き抜ける風の音や、鳥たちの声が聞こえてきた。

慎之介は痛めつけられた体のあちこちに、うずきがあるのを感じながら目を閉じ、少し眠った。

それが半刻だったのか一刻だったのか定かではないが、目が覚めたとき、体が少し楽になっていた。慎之介の若さと、義父・勘三郎に鍛えられた強靱《きょうじん》な体が、傷の回復を早めているのだ。しかし、縛めをほどくことはできなかった。

板の隙間や壁穴から射し込む光の条が、長く低くなっている。家の中もさっきより暗くなっていた。

足音が聞こえてきたのは、それからすぐのことだった。慎之介は体を緊張させた。戸が開けられ、さっきの四人が戻って来た。

ひげ面《づら》が慎之介の前にしゃがみ込み、顎を持ちあげた。慎之介はされるがまま、男の目を見つめた。

「きさまはどこの誰だ？　天兵衛らの仲間ではないのか？」

「そいつは誰だ？」

慎之介は白《しら》を切った。男の片眉が動き、眉間《みけん》のしわが深くなった。

「なぜ、ここに来た？」

ひげ面は質問を変えた。

慎之介は素早く思考を働かせて答えた。

「品川で御用金を盗んだ賊がいたという話を聞いたんだ。それで、あちこちで話を聞いてると、その賊が大八車を押してこっちに来たことがわかった。むろん、それが賊だったかどうかわからなかったが、とにかく調べようと思ったんだ」

「ひょっとして、おまえは町方の手先か？」

男は眉宇をひそめ、鷹のように鋭い目で慎之介を探るように見てくる。

「違う。おれたちは賊が盗んだ金を、横取りしようと考えていただけだ。天兵衛という男のことなど知らねえ。そいつはいったい誰だ？　そいつが賊の首領なのか？」

ひげ面は、くっくっくっく、と短く笑った。目は笑っていなかったが。

「聞いたか？　この男、そういってるが……」

ひげ面は仲間を振り返った。仲間の三人は無表情だった。

「なぜ、さっきそういわなかった？」

「いえば捕まると思ったんだ。あんたらが町方か火盗改めだと思ったんで……。

正直なことをいえば、お縄になるんじゃないかと思って……」

「さんざんいたぶられたのに、いまになってそんなことをいうとは、あきれたやつだ。だが、本当のところはどうなのだ？　天兵衛の仲間じゃないのか？」

ひげ面は手に力を入れた。顎が砕けそうになったので、慎之介は首を横に振った。

「知らねえ。何度もいわせるな。おれは賊の金を横取りしたかっただけだ」

「ほんとうか……」

ひげ面が射るような目を向けてくる。真偽を見定めようとする眼光だ。

「あんたらはいったいなんなんだ。まさか、おれたちと同じようにあの金を横取りしようと企んでいるのか。だったら、いっしょにやろうじゃないか」

ひげ面はふんと鼻を鳴らして、立ち上がった。

「食えねえ野郎だ」

「その話が嘘でなきゃ使えるかもしれぬ」

そういったのは、牛のような体をしている男だった。ひげ面がどう使えると、牛男に問いかける。

「こいつはなかなかの手練《てだ》れだ。天兵衛らも油断はできぬ。それに人は多いほうがいい。考えがある。表へ」

牛男が顎をしゃくって、他の仲間を表に連れ出した。何やら相談をしてるようだが、慎之介には何も聞こえなかった。そして、男たちがまた家の中に戻って来た。

「おまえは信用がならん。いま、きさまがいったことを真に受けるわけにはいかん」

ひげ面が見下ろしていった。

「あんたらはいったい何者なんだ？」

ひげ面は他の三人を一度見てから、慎之介に顔を戻した。

「おれたちは御用金を盗まれた松平和泉守様の家臣だ。天兵衛らは元水野越前守様の家来・湯浅千十郎《ゆあさかんじゅうろう》の指図を受けて動いているに過ぎぬ」

「湯浅、千十郎……」

初めて聞く名だった。

「湯浅千十郎は水野家の謀反人《むほんにん》だ。湯浅は以前より妙な動きをしていた。おそらく間諜《かんちょう》に違いないと。だが、やつの行状《ぎょうじょう》を調べるうちに、おれたちの敵でないことがわかった。やつの敵は水野越前守様だった」

「なぜ……」

「越前守様が唐津から浜松に転封される折、ご家老の二本松義廉様と共に諫死した家来がいた。湯浅銑十郎《せんじゆうろう》という者だ。その兄、千十郎は水野家家中で公用人まで出世をした。しかし、千十郎は弟を失ったという遺恨があった。家中で出世しながら、水野家に何らかの復讐を企てていた。しかしながら、そうやすやすと復讐などできるものではない。越前守様の警固は万全だ。そこでやつは復讐をあきらめ、私腹を肥やすことを考えたのだろう。それが此度《こたび》の御用金強奪だ」

するると、偽岡部四郎三郎は、湯浅千十郎だったのだ。それにしても、水野越前守の転封の際に諫死したのは、二本松義廉の他に、津田吉右衛門や湯浅銑十郎なども いたというわけだ。

「なぜ、そんなことをおれに……」

「おまえは藩において詮議《せんぎ》を受ける。いずれわかることだからだ」

ひげ面は、むふふふ、と短く笑った。

「あんたらは目付か？」

「さようだ」

ひげ面はあっさり認めた。

「きさまの名は？」

慎之介は少し迷いつつも、

「桜井慎之介」

と、ほんとうの名を口にした。

六

西尾藩の目付四人はいなくなった。

いま、二つの千両箱の置かれているあばら家には、柱に縛りつけられた慎之介がいるだけだった。

すでに日が落ちて暗くなっている。表ですだく虫の声と、ときおり林を抜ける風の音がするぐらいだった。

しかし、家のまわりにはさっきの目付らが、身をひそめているはずだった。四人の目付は天兵衛らが金を取りに戻ってくるのを待ち、そこで一網打尽《いちもうだじん》にする肚だろう。もし、天兵衛らが捕まれば、慎之介の未来はない。

そうならないように、この家から逃げださなければならないが、慎之介にはその術《すべ》が皆無だった。

（おれの運命もここまでだったか……）

悔しいが、半分あきらめの境地になっていた。

すべては、まんまと自分を騙した湯浅千十郎のせいだ。

岡部四郎三郎と騙ったあの男……。

慎之介はその湯浅千十郎の顔を思い浮かべた。

口許に絶えず微笑を浮かべた初老の男だ。

（くそッ）

腹も立つが、まんまと嵌められた自分の愚かさにあきれもする。

それにしても喉は渇くし、腹も減っていた。四人の目付は、食べ物はおろか水さえ与えてくれないのだ。

縛めが解かれるのは、天兵衛らを捕まえたあとということなのだろうが……。

絶望感が徐々に大きくなってくる。お松や卯乃吉は何をしているのだろうかと思うが、下手にこの家に近づいてほしくない。目付に捕まれば、また自分と同じ運命を辿ることになるはずだ。卯乃吉は難を逃れられるかもしれないが、お松は天兵衛らの襲撃に加担しているので、咎《とが》めを受けること必至だ。

慎之介は強く体を動かしたが、やはり縛めから逃れられそうにはなかった。

それからしばらくしてのことだった。遠くから、ワアワアと人の騒ぐ声が聞こえてきた。その声は徐々に大きくなってくる。

さらに、他のほうからも騒ぐ声が聞こえてきた。

（なんだ……）

慎之介は目を見開き、体を固めて騒ぎの声を聞き取ろうとしたが、意味はよくわからなかった。そのうち、この家につづく林の入り口あたりで大勢の声が上がった。

どこだ、どこだと、騒がしい声がする。あっちだ、玉名橋の先だという声もあった。つづいて、火事を知らせる半鐘《はんしょう》の音が聞こえてきた。

そして、すぐ家の裏側に足音があった。身をひそめていた目付たちが動いたのだ。壁の向こうで短く話しあった目付たちが、林の表に駆けていく足音がした。

騒がしい声は衰えることがない。どうやら近くで火事が起きたようだ。

連打されている早鐘は、火事が近いことを知らせていた。

(まさかこの林に飛び火してこないだろうな)

江戸の人間が火事に敏感で恐怖するように、慎之介も火事は苦手だった。

バリッと、裏の戸が音を立てた。もう一度、その戸が音を立てた。

(なんだ?)

慎之介はそっちを見たが、壁が死角となっていて何が起きているのかたしかめることができない。

つづいて裏の戸がガタピシ鳴って開けられるのがわかった。

(まさか天兵衛らが……)

慎之介は顔をこわばらせた。やつらだったら、おそらく命はない。

裏の戸口から人の入ってくる気配があった。それが近づいてくる。そして、慎之介を見て立ち止まった。家の中は暗い闇だ。誰がそこにいるのかわからなかった。

「慎之介さん」

声はお松だった。

「お松か?」

慎之介はホッとした。

「待って、いま縄を切るわ」

お松はそばにやってくると、短刀を使って縛めを切っていった。ぶちっ、ぶちっと音がするたびに、慎之介の体が楽になる。

「表の騒ぎは何だ？」

「卯乃吉さんが小火《ぼや》騒ぎを起こしているのよ。うまくいったようだわ。さ、立てる」

「卯乃吉が……」

慎之介は自由になった腕を揉みながら、さっと戸口を見た。

「あの戸に心張棒《しんばりぼう》をかけろ。やつらはすぐ戻ってくる」

指図されたお松は、機敏に動き、表の戸に薪ざっぽうを使って開かないようにした。慎之介はその間に、自分の刀を取り、千両箱のそばに行って重みをたしかめた。

「それは？」

お松の顔がすぐそばにあった。

「天兵衛らが運んできた御用金だ」

「二千両ね」

「他の千両箱は別のところにあるはずだ。だが、それがどこにあるのかはわからない」

「慎之介さんを捕まえたのは何者だったの？」

「西尾藩の目付だ」

「すると、和泉守様の家来」

「詳しいことはあとだ」

慎之介が裏の戸に向かおうとしたとき、表の戸がガタッと音を立てた。

「開かないぞ」

ひげ面の声がした。目付たちが戻って来たのだ。

「いかん、やつらだ」

慎之介は裏の戸に向かって、お松を急《せ》き立てた。外に飛び出すのと、表の戸がバリーンと音を立てて破られるのは同時だった。

七

「もう大丈夫だろう」

慎之介は高輪小台町に入ったところで、立ち止まった。そのまま背後を振り返り、目を凝らす。

「追ってくる者はいないわ」

お松が応じて、とにかく急ごうという。

「卯乃吉が小火騒ぎを起こしたといったが、どんなことをやったんだ？」

慎之介は歩きだしながら聞いた。

「二人で、慎之介さんをどうやって助けようかと考えたの。あの家のそばまで何度も行ったけど、あの男たちが目を光らせていてどうすることもできなかった。それで、卯乃吉さんがいい考えがあるといって、玉名橋のそばで見つけた小さな納屋《なや》に火をつけようといったの。納屋は川のそばだし、町屋からも少し離れているし、火事になったとしても風が弱いので、大事にはならないと……」

「なるほど」

「卯乃吉さんが騒ぎを大きくするから、その間にわたしが慎之介さんを救い出そうって……。でも、あの男たちが動かなかったらどうしようかと、わたしはヤキモキしていたわ」

「うまくいってよかった」

慎之介は胸を撫で下ろす思いだった。

「あの男たち、目付だといったわね」

「そうだ。おれが逃げられないと高《たか》をくって話してくれた。おそらく、石見浜田藩の目付も動いているはずだ。西尾藩の目付は、あそこにあった金を一旦《いったん》、浜田藩抱屋敷に移そうかと相談していたからな」

「やはり、御用金は西尾藩と浜田藩が用立てたってことね」

「そういうことだろう。おれたちに岡部四郎三郎と名乗っていた男は、湯浅千十郎という越前守様の元家来だ」

「すると、水野出羽守の失脚を狙うために、御用金を盗んだってこと……」

「違うようだ。湯浅千十郎は越前守様に遺恨がある。やつの弟は、越前守様が浜松に転封する折に諫死している。その恨みを持っている。だが、藩主であり老中でもある越前守様の警固は堅い。いろいろと復讐の手立てを考えたのだろうが、生易《なまやさ》しいものではない。そこで考えを変え、此度の計略に至ったってことだろう。湯浅は公用人まで出世した男だから、藩内外のことや幕閣の動きにも明るいのだろう」

二人はそんなやり取りをしながら、慎之介の屋敷のそばまでやってきた。

何度か背後を見たが、尾行者の姿はなかった。

「卯乃吉はどうしてるんだ」

「慎之介さんの屋敷で落ちあうことにしてるから、おっつけ戻ってくるはずよ」

慎之介は西尾藩の目付のことを考えた。話の流れから、目付たちは慎之介の素性を知らなかった。つまり、慎之介が高輪に屋敷を持っていることも知らないはずだ。

慎之介はそこまで考えてから表情を厳しくした。

目付は自分のことを知らないが、岡部四郎三郎を騙《かた》った湯浅千十郎たちはどうか……。

「お松、おれの屋敷に変わったことはなかったか？　もちろん、叔父の屋敷ということだが……」

「何もないわ」

お松が怪訝そうな顔を向けてきた。

「あの目付はおれたちのことを知らなかった。だが、天兵衛や湯浅千十郎らはそのかぎりではない」

「まさか、慎之介さんの高輪の屋敷をやつらが知っているってこと……」

お松が猫のように目をまるくして見てきた。

「おれの長屋も知っていたぐらいだ」

「でも、変わった様子はなかったけど……」

「おれの屋敷は人に貸している。おまえたちがいたのは、おれの叔父の屋敷だ」

お松はハッと顔をこわばらせた。

「用心しよう」

豊前中津《ぶぜんなかつ》藩下屋敷と筑後《ちくご》久留米藩の長塀に挟まれた道に入った。闇は濃いが夜目が利くようになっていた。

いつしか虫の声が高くなっていた。屋敷塀から迫《せ》り出している松の枝越しに、朧月《おぼろづき》が見えた。

慎之介は自分の屋敷前に来て足を止めた。あたりに目を凝らす。切妻《きりづま》屋根をつけた木戸門をくぐり、屋敷内に入る。

自分の貸している屋敷には、細い灯りが窺《うかが》える。借りているのは、年老いた隠居旗本夫婦である。夫婦共々物静かな人物なら、屋敷も常と変わらず静かである。

「どうするの？　卯乃吉さんを待つの？」

立ち止まったままの慎之介を、お松が見てくる。

「ここで待つのも、家の中で待つのも同じか……」

そう踏ん切った慎之介は、叔父の家の玄関に入った。お松がつづく。

家の中は暗いままだ。式台を上がり、すぐそばの座敷に入った。

「灯りを……」

慎之介にいわれたお松が、座敷の隅に行って行灯をつけた。暗かった座敷がぼんやりと明るくなった。

とたん、慎之介は目を剝いた。お松もヒッと小さな声を漏らした。

隣の座敷に、岡部四郎三郎を騙った湯浅千十郎が、悠然と座っていたのだ。相変わらず、口の端に小さな微笑を浮かべていた。

「きさま……」

慎之介が歯嚙みするような声を漏らすと、背後に人が立ち、襖の陰からも人があらわれた。天兵衛たちだった。

「よくあの家から逃げられたな」

天兵衛がいったとき、表から卯乃吉の声が聞こえてきた。

「兄貴、お松さん、戻ってきましたよ」

瞬間、湯浅千十郎がさっと首を振ると、俊敏に戸根英三郎と中村玄太郎が、玄関に動いた。

「卯乃吉、逃げろ!」

慎之介が警告をした刹那、大久保常蔵が素早く抜いた刀を、ぴたりと喉に突きつけた。

第六章　殿様の謝礼

一

「よくもわたしたちを騙したな」

お松が気丈な目で、湯浅千十郎をにらみつけた。

「思い違いだ」

湯浅は微笑を絶やさずに答えた。

「何が思い違いだ。おれは天兵衛と常蔵に斬られそうになった。お松は川に突き落とされ、溺れそうになったんだ」

慎之介も自分を取り戻して湯浅をにらんだ。卯乃吉がどうなったか、心の片隅で心配する。

「あれは天兵衛が早とちりをしただけだ。わたしはそんな指図はしていない」

そういわれた天兵衛は、目を伏せた。申しわけないという顔つきだが、肚《はら》の内はわからない。湯浅然《しか》りだ。

「貴公らはあくまでもわたしの仲間だ。泪橋の一件はこのとおり謝る」

湯浅は頭を下げた。

慎之介は冷めた目で湯浅を眺めた。

「信用できねえ。あんたは岡部四郎三郎と名乗ったが、ほんとうの名は湯浅千十郎。そうだな」

「目付から聞いたか……。まあ、しかたなかろう。あの目付らはどうやらわたしのことを探っていたようだ」

湯浅は平然とした顔でつづける。

「それで、どこまでわたしらのことを聞いた？　ま、これは愚問であるか……。目付の調べは侮《あなど》れぬ。おそらく何もかも彼《か》の者らは調べ尽くしているのだろう。と、なれば、わたしの身の振り方も自《おの》ずと決まったようなものだ」

「何をいってやがる。きさまのせいで、おれはさんざんな目にあったんだ。このままでは人殺しと盗人《ぬすっと》の片棒を担いだことになる」

「もう、そうなっている」

「ふざけるな！」

慎之介が一歩踏み出そうとすると、常蔵が突きつけている刀に力を込めて制止した。いやおうなく、そこに立っているしかない。

「そう目くじらを立てず、落ち着きたまえ」

湯浅が宥《なだ》めるようにいったとき、玄関の戸が開き、英三郎と玄太郎に捕まった卯乃吉が座敷に連れてこられ、そのまま押し倒された。

「あ、兄貴、こ、この人たちは……」

卯乃吉はすがりつくような目を向けてきた。

「とんでもねえ悪党らだ」

「おい」

常蔵がにらみを利かして刀を動かした。斬られてはたまらないので、慎之介は顎を持ちあげた。

「常蔵、桜井とお松の刀を預かれ」

いわれた常蔵が、慎之介の刀を奪い取った。お松の刀は、玄太郎にひったくられるようにして奪われた。

「気分を害しているのはわかるが、どうか気を静めてゆっくり話しあおうではないか。悪いようにはせぬ。常蔵、刀を下げろ」

いわれた常蔵がゆっくり慎之介から離れた。それを見た湯浅は、慎之介とお松に座るように勧めた。

慎之介は一度お松を見てうなずき、その場に腰をおろした。

「ここでじたばたしてもはじまらぬ。わたしらの手には、三千両がある。そして、樹木谷には二千両がある」

「泪橋で落とした三千両も取り返したというんじゃないだろうな」

慎之介はからかうようにいった。

「あの三千両はあきらめるしかない。だが、樹木谷の二千両はあきらめない」

そういった湯浅は、微笑を消して、目に力を入れた。

「そりゃあ無理なことだ。あそこには西尾藩の目付がいる。それにおれが逃げたことで、あの目付らは金を動かすはずだ」

「どこへ？」

湯浅は片眉を持ちあげた。

「さあ、それはどこかわからねえさ。だが、西尾藩の屋敷か浜田藩の屋敷だろう」

「ふむ、さようか。だが、あの二千両は取り返す」

「どうやって？　浜田藩の目付も動いているはずなんだ」

「さようだろうな。だが、あの金が動かされる前に、わたしらは力を合わせて取り戻すのだ」

「おいおい、力を合わせてって、まさかおれたちをまたうまく使おうって魂胆じゃねえだろうな」

「貴公らには逃げ道がない。それはわたし然《しか》りだ。ここにいる天兵衛らもそうだ。だったら力を合わせて、金を取り戻すしかあるまい。五千両あれば、何不自由なく余生を送ることができる」

慎之介は黙り込んで考えた。

たしかに湯浅のいうとおりだろう。このままでは、目付らに誤解を受けつづけることになる。そしてあの目付が町方に事の次第を話せば、慎之介の身は安泰ではなくなる。

「金を山分けしてくれるっていうのか……」

慎之介は湯浅から、天兵衛、常蔵、玄太郎、英三郎と順番に眺めた。

「あんたらは五人。おれたち三人は邪魔者だろう。どうせ助をさせて、てめえらだけうまい汁を吸おうって魂胆に決まってる」

「そう決めつけるでない。うまくいったら千両箱のひとつは、貴公らが取っていい。あとの四つはわたしらで分ける。それでどうだね」

卯乃吉が目を輝かせて慎之介を見てきた。

お松は湯浅をにらむように見ているだけだ。

「残りの三千両はどこに隠してある？」

「それはいえぬ。いまは樹木谷の二千両を取り返すのが、なにより大事なことだ」

慎之介はお松と顔を見合わせてから湯浅に顔を戻した。

「断ったらどうする？」

湯浅はふうとひとつため息をつき、天兵衛を見、そして口許の笑みを消して慎之介をじっと見つめた。

「力を貸せぬというなら、ここで死んでもらうしかない」

慎之介はぴくっと眉を動かした。

「どう転んでも、おれたちに明るい明日はないってことか……」

「手伝うわ」

いったのはお松だった。

慎之介はハッとなってお松を見た。

「だってそうするしかないじゃない。うまくいけば、大金を手にできるんだし」

「また騙されるかもしれない」

「……他に道がある？」

慎之介は黙り込んだ。

湯浅らも沈黙を保った。表から虫の声が聞こえてくる。

「いいだろう。話に乗ろう」

慎之介はそういって、湯浅を見た。

「それでどうするってんだ？」

「これから樹木谷に行く。金が移される前にあの金を取り返すのだ。目付らはわたしらが、あの金を取りに戻ってくるのを待っている。目付の狙いは、わたしらを捕まえて、残りの三千両を取り返すこと。それゆえに、いまだあの家を見張っているはずだ」

「相手は四人、こっちは七人か……」

慎之介のつぶやきを聞いた卯乃吉が顔を向けてきた。

「兄貴、八人だよ。おいらもいるんだ。一千両だったら、何だってやるよ」

「よし、話は決まったな」

湯浅は手にしていた扇子《せんす》を、ぽんと膝に打ちつけた。

二

「どこにひそんでいる？　わかるか？」

湯浅が慎之介のそばに来てつぶやく。樹木谷の入り口だった。

「わからん」

慎之介たちは暗い闇の中に目を光らせているが、目付の姿を見つけることはできない。

「まさか引きあげてしまったのでは……」

お松がつぶやく。

「それはないだろう。もう少し様子を見て、林の奥に進む」

湯浅が小腰になって常蔵のほうに移動した。

みんなは木の陰や藪《やぶ》の中に身をひそめて、あばら家に接近しているのだった。

林の奥で梟《ふくろう》が鳴いている。足許の草むらでは虫たちがすだいていた。

「手を組むことになったけど、あいつらを信用してるんじゃないでしょうね」

お松が慎之介に体を寄せてきていう。

「あたりまえだ。だが、いまは手を組むしかない」

「その先はどうするの？　何かいい知恵があるの？」

「それを考えているんだ。だが、これからどうなるかわからん。出たとこ勝負になるかもしれんが、うまく事が運んだとしても湯浅らはおれたちを放ってはおかないだろう。その前に手を打つ必要があるが、目付と手を組むことはできねえ」

「お金は手に入らないからね」

そうなのだ。

「湯浅たちは目付を皆殺しにするつもりよ。そうなると、またわたしたちは殺しの片棒を担ぐことになる」

「だから厄介なんだ。だが、いまここから逃げだせば、何もかも水の泡だ」

慎之介は忸怩《じくじ》たる思いを抑え込み、闇の中に動くものがないか警戒の目を光らせつづける。

カサカサと乾いた音を立てて、天兵衛がそばにやってきた。

「ごちゃごちゃ話してるんじゃない。やつらをおびき出すんだ」

天兵衛は顴骨《かんこつ》の張った大きな顔を寄せていう。

「どうやって？」

「玄太郎と英三郎が家の裏にまわっている。裏の戸を破ってあの家に入ると見せかける。そうすりゃ、目付らはいやがおうでも姿をあらわす」

「そのとき襲うってこと……」

お松が天兵衛を見ていう。

「そういうことだ。もっと家に近づく。気取《けど》られるな」

指図をした天兵衛は、闇の中に身を溶け込ませて前に進んだ。慎之介はその背中を目で追ったが、いつの間にか見えなくなった。

「行くか」

慎之介も地を這うようにゆっくり前進した。

何度か足を止めて、周囲を見る。林の中は暗い闇に塗り込められている。木々の枝葉を抜けてくる月光は、儚《はかな》いほど頼りない。

月は薄い雲に覆われており、ときどき雲に呑み込まれて闇を濃くする。

頼りは耳と闇に慣れた目、そして人間の持つ本能的五感だった。

慎之介は太い幹の後ろに身を隠して、背後の闇に目を凝らした。三間ほど先にお松の黒い影があった。囁くような低声《こごえ》でお松を呼んだ。

お松が静止してこちらを見てくる。慎之介が手招きをすると、ゆっくり近づいてきた。

「なに？」

「卯乃吉はどこだ？　さっきから姿が見えないが……」

「大八車を取りに行ったのよ」

「いつそんなことを……」

慎之介の知らないことだった。

「それじゃこの樹木谷にあいつはいないってわけか……。いいだろう。お松、目付の始末は湯浅らにまかせる。戦いになったらおれは湯浅らをひとりずつ片づける。おまえは卯乃吉を探しに戻るんだ。ここから先に行くことはない」

「そんなことしたら……」

「いいから、おれのいうことを聞け。湯浅らは三千両を隠している。あばら家のと合わせて五千両だ。おれたちは、その金をそっくりいただく。そのためには敵はひとりでも少ないほうがいい」

「そんなことできるの」

「やるんだ。湯浅はこれからの襲撃が不首尾に終わったときは、あっさりあきらめるといった」

「そういっていたわね」

「そうなれば、湯浅らは三千両を隠している場所に戻るはずだ。そのとき、やつらはおれたちを連れて行くかどうかわからねえ。おそらく口封じをする肚だろう。そうさせないためにも、この襲撃のどさくさに紛れて、おれは湯浅らの人数を減らす。それが最善の手だろう」

お松がじっと見てくる。本気なの、と聞く。

「冗談でこんなことがいえるか」

そのときだった。林の奥、あばら家のほうで物音がした。ガタガタ、と滑りの悪い戸の開く音のあとで、バタンと物の倒れる音がした。

慎之介はそっちのほうに目を凝らした。藪の中から人の立つ黒い影が見えた。影はひとつではなかった。右のほうの木の陰と、左の藪からも影が姿を見せた。

「よし、行け。卯乃吉に会ったら、そのまま逃げてもいい。もしくは玉名橋のそばに隠れていろ」

「大丈夫なの」

「いいから、行くんだ」

強くいったとき、林の奥で「逃がすな!」という声がした。

慎之介は刀を抜いて立ち上がった。

三

あばら家の中が明るくなっていた。燭台、あるいは提灯が点《とも》されたようだ。その灯りが雑草だらけの庭にこぼれた。さらに、雨戸が蹴破られて、人が飛びだしてきた。

庭で男たちが刃を交えていた。

「ひとりたりとも逃がすんじゃない!」

怒声を発しているのは目付だった。庭に三つの提灯《ちょうちん》が置かれた。その灯りに人の姿が浮かびあがった。

慎之介は、はっと目をみはった。目付は四人ではなかった。もっと人数がいた。

そうとは知らずに、湯浅らは目付らと戦っていた。

慎之介は湯浅らの背後をつくために、庭をまわり込むように林の中を駆けた。

シュンと、耳をかすめるいやな音がした。直後、そばの木に矢が突き刺さっていた。

弓を射る目付がいるのだ。慎之介は太い幹の背後にまわり様子を見た。庭の隅に矢を射る人影が見えた。

庭では目付と湯浅らがもつれるように戦っている。怒声と刃と刃の嚙み合う音が、林の中にひびいている。

黒い塊《かたまり》が左から突進してきた。同時にきらりと光るものが、脇腹にのびてくる。

慎之介は体をひねりながらかわしたが、相手はすぐさま上段から撃ち込んできた。相手の素早い攻撃に対処しきれずに、背後に下がった。どんと木の幹に背中をぶつけて、一瞬息が止まりそうになった。そこへ袈裟懸けの一刀が襲いかかってきた。

慎之介は必死の思いで右に逃げた。ガツッと、相手の刀が幹に食い込んだ。慎之介は柄頭《つかがしら》をその相手の脇腹にたたきつけた。

「うぐッ」

柄頭は急所をたたいたらしく、相手は刀から手を離して、そのまま地にくずおれて気を失った。

慎之介はあばら家の背後にまわったところで、戸根英三郎と出くわした。

「おまえか、目付は四人じゃねえ、もっといやがる」

英三郎が受け口からつばを飛ばしながら焦った声でいった。

「どうもそのようだな」

慎之介はそういうなり、英三郎を袈裟懸けに斬った。

「うぐェ……」

不意をつかれた英三郎は、何の抵抗もできずにそのまま地に倒れた。

慎之介はそのままあばら家に飛び込んだ。

家の中には燭台が点っていた。あたりを見まわして、ハッとなった。千両箱はなかった。

目付はいつの間にか、二つの千両箱を運び去っていたのだ。

表の庭で悲鳴と怒声がわいていた。

「何をしてやがる。やつらを片づけるんだ」

土間に飛び込んできた天兵衛が、慎之介に怒鳴りながら、背後から撃ちかかってきた目付を逆袈裟に斬りあげた。

「ギャアー！」

胸から顎にかけて断ち斬られた目付は、血飛沫《ちしぶき》を迸《ほとばし》らせながら壁に背中を打ちつけて、ずるずると尻餅をついて倒れた。壁が真っ赤な血で染まっていた。

「早く来い、手伝うんだ」

天兵衛が怒鳴って、庭に飛び出していった。

それと入れ替わるように湯浅千十郎が縁側から飛び込んできた。慎之介に気づくと、

「退《ひ》くんだ。ここに金はない。退けッ、退くんだ」

湯浅は慎之介を急き立てながら、裏の戸に駆けていった。

慎之介は湯浅を追った。背に一太刀浴びせるつもりだった。だが、できなくなった。大久保常蔵が、すぐに追いかけてきて、

「玄太郎が斬られた」

といったのだ。

その背後には天兵衛の姿があった。三対一では勝ち目がない。

「目付らはどうした？」

慎之介は問い返した。

「大方片づけはしたが、まだ生きているやつがいる」

「そんなことはどうでもいい。急ぐんだ」

湯浅が慎之介たちを振り返って叱咤《しった》した。

樹木谷北側の明地《あけち》に出ると、湯浅が立ち止まって背後を見た。慎之介たちもあばら家のある林のほうに目を向けた。追ってくる目付の姿はなかった。

「湯浅様、千両箱はありませんでしたよ」

天兵衛だった。

「わかっておる」

湯浅が憮然《ぶぜん》とした顔でいう。

「どうします？」

「もはやあの金はあきらめるしかない。玄太郎と英三郎はいかがした？」

「斬られたようです。まさか目付が、人を増やしているとは思いもいたさぬこと
……」

天兵衛は悔しそうに唇を噛んだ。

「お松はどこだ？」

湯浅が慎之介を見てきた。

「おそらく逃げたんだろう。あれは女だ。剣術の心得はあっても、本身《ほんみ》（真剣）を使っての斬り合いはできない」

「さようか……」

そう答えた湯浅の目がきらりと光り、ちらっと天兵衛と目を見交わしたのがわかった。慎之介は危機を察して、一歩後退した。

それを見た湯浅と天兵衛が、一歩前に出た。常蔵も二人の意を察して、刀の柄に手を添え鯉口《こいぐち》を切った。

「なんだ」

慎之介も鯉口を切った。

「貴公にはいい働きをしてもらうつもりだったが、あの二千両を手にすることができなくなったいま、その用はなくなった」

「やはり、そういうことだったか……」

「悪いが、貴公とはここでおさらばだ」

湯浅がさっと刀を抜くのと、常蔵が斬りかかってきたのは同時だった。慎之介は俊敏に動きながら、抜き様の一刀で常蔵の斬撃を打ち払い、返す刀で撃ち込んでいった。

キーン！

耳障《みみざわ》りな音は、慎之介の斬撃を天兵衛が横合いから払ったのだった。

慎之介は飛びすさって青眼に構えた。

天兵衛と常蔵がその慎之介に正対した。天兵衛は右八相、常蔵は青眼。

「案の定、こういうことだったか。てめえらは人の風上にも置けねえ悪党だな」

「何とでもいうがよい。これも世渡りの辛いところ。それに、人に運不運があるのも世の常。貧乏くじばかりを引かされて、浮かばれぬまま滅びゆく者がいるのもこの世の皮肉であろう」

「しゃらくせえご託《たく》を並べるんじゃねえ！」

慎之介は天兵衛に鋭い突きを送り込んで下がらせ、常蔵の横腹を狙って刀を横薙ぎに振った。常蔵は慎之介の刀をすり落とすやいなや、袈裟懸けに撃ち込んできた。

慎之介は刀の棟で受けると、半間下がって構え直した。しかし、寸暇を与えずに天兵衛が片足を飛ばしながら上段から撃ち込んできた。

その斬撃はかろうじてかわすことができたが、すぐさま常蔵の一刀が肩口に飛んできた。これはたまらぬと、慎之介は下がる。そこへ間髪《かんはつ》を容《い》れずに、天兵衛の突きが送り込まれてくる。

天兵衛と常蔵の攻撃は見事な連携ぶりで、防御から攻撃に転じる隙がなかった。

「くそッ」

慎之介は歯嚙みをしながら大きく後退するしかない。

しかし、天兵衛と常蔵は攻撃の手を緩めずに迫ってくる。天兵衛が撃ち込み終えると、すぐさま常蔵が胴を抜きにくる。

(いかん、これでは殺《や》られる)

慎之介は脇の下にじっとり汗をかいた。背中には冷たい汗が流れる。それだけの恐怖心に襲われたのだ。

「とりゃあ!」

天兵衛が裂帛《れっぱく》の気合いを発して撃ち込んできた。

もはや慎之介に戦う気はなかった。大きく下がると、くるっと背を向け逃げに転じた。

待て待たぬか、という声が追いかけてきたが、慎之介は必死に手足を動かしつづけた。

(逃げるが勝ちってこともある)

ここは退却の一手だ、と自分にいい聞かせた。

四

だが、慎之介は途中で足を止めた。

追ってきていた天兵衛と常蔵を振り返ったが、もうその姿はどこにも見えなかった。肩を上下に動かし、荒い息をしながら、遠くの闇に目を凝らす。

さっきいた明地がどのあたりか、おおよその見当をつけたが、人の動く姿はどこにも見えなかった。逃げるのはここまでだ、と慎之介は内心でつぶやき、またさっきの明地のほうへ引き返した。

湯浅らは三千両を隠している場所に行く。その場所を突き止めなければならない。

勘を頼りに後戻りしたが、さっきは逃げるのに必死だったから、途中で方向感覚をなくし、辿るべき道に迷ってしまった。

気づいたときには、熊本藩下屋敷の北側まで来ていた。樹木谷はもっと南である。暗い足許に気をつけながら、そっちに引き返す。

乱れていた呼吸は元に戻ったが、いまさらながらひどい空腹を覚えた。水は飲んでいるが、その日はほとんど食い物を腹に入れていない。かといって、近くに店はない。

闇の中を右往左往しながら、どうにか覚えのある場所まで来た。件《くだん》のあばら家の近くだ。しかし、もうそのあばら家には用はない。

慎之介は大きく迂回《うかい》して、玉名川沿いの畦道《あぜみち》を辿った。この川は今里村《いまざとむら》の池から流れて、新堀川《しんぼりがわ》（渋谷川《しぶやがわ》）に注ぎ込んでいる。

その川がちょろちょろと瀬音を立てていた。もう何刻になったのだと空をあおぐ。

鐘音は聞いたが、それが四つ（午後十時）だったのか五つ（午後八時）だったのだかわからない。時間的に考えれば、四つは過ぎているはずだ。

お松には逃げろといったが、玉名橋の近くで待てともいっておいた。待っているかどうかわからないが、とにかくたしかめるために歩を進めた。歩きながら湯浅らの隠れ家を推量するが、まったく見当がつかない。

それにしても天兵衛と常蔵の、連携ある攻撃には肝を冷やした。一対一ならまだしも、あの二人を同時に相手にするのはなまなかではない。

もっとも闇夜ということもあるし、足許が頼りなかったということもある。それでも、一筋縄《ひとすじなわ》ではいかない相手なのはたしかだ。

川に架かる玉名橋が見えた。幅六尺長さ一丈八尺の石橋だ。人の姿はない。橋の右は白金台町一丁目だ。町はそこから西へ、十一丁目までつづく。

周囲に警戒の目を配りながら橋のそばまでやってきた。人通りは絶えている。

(やはり、逃げたか……)

お松のことを思い、卯乃吉と会えたのだろうかと考えもする。

さて、これからどうしようかと考えたとき、小さな声がした。

「慎之介さん、こっちよ」

お松だった。

声のほうを見ると、橋の先の物陰からお松が体を出して手招きしていた。慎之介はすぐに駆け寄った。

「待っていたのか」

「そのまま逃げるわけにはいかないでしょう。それより、目付たちはどうなったの?」

「八、九人いたようだが、湯浅らがほとんどを片づけちまった」

「こっちへ」

お松は慎之介を暗がりに引きずり込んで、言葉をついだ。

「逃げてきた目付が三人いたわ。この道を向こうに駆けていったけど……」

「おそらく浜田藩抱屋敷に戻ったんだろう。おれの知っている目付は西尾藩の者たちだったが、助っ人に来たのは浜田藩の目付のはずだ」

「それから」

お松は遮《さえぎ》っていう。

「湯浅たちもこの道を通っていったの。三人だけよ。湯浅と井上天兵衛と大久保常蔵だったわ。ついさっきのことよ」

「なんだと」

慎之介は目を光らせた。

「そう、それで卯乃吉さんがこっそりあとを尾けているの」

「卯乃吉に会えたのか」

「あの人、大八車を調達しに行ったんだけど、都合をつけられなくてうろうろしていたの。それで、話をして慎之介さんをここで待っていたら、目付と湯浅らが通っていったの」

「しかし、卯乃吉は大丈夫だろうな」

慎之介は路地から顔を出して通りをのぞき見た。

「卯乃吉さんを信じるしかないわ」

「そうだな」

慎之介は応じたあとで、件のあばら家からの顚末《てんまつ》を話した。

「やっぱりそうだったのね。腹に据えかねることばかりじゃない。でも、二千両は運び出されていたのね」

「湯浅らは二千両をあきらめ、隠し持っている三千両で満足するしかない。おれはそれを……」

慎之介はそこまでいって、でも無理か、と肩を落とした。

「何よ、慎之介さんらしくないじゃない」

「これ以上深入りしないほうが無難かもしれねえ。やつらのために、とんだ骨折り損をしただけだ」

気弱なことをいう慎之介の肩を、お松がどんと突いた。暗がりでも厳しい目でにらんでいるというのがわかった。

「さんざんな目にあったのよ。あなたは拷問まで受け、二度も殺されそうになった。おまけにわたしたちは人殺しと盗人の片棒を担いだままじゃない。もし、やつらが町方か目付に捕まったらどうなると思うの」

「…………」

「このままではわたしたちの身は安泰ではないわ」

「…………」

「どんなことをしてでもやつらに仕返しをしなきゃ、一生後悔するわ。わたしはそんな生き方はいや。ここで泣き寝入りするなんて、自分が許せない。刺し違えてでもいいから、やり返してやる。そうじゃない」

「……そうだな。だが、やつらがどこにいるかわからない」

「卯乃吉さんは、きっと戻ってくる」

慎之介はお松を凝視した。

暗くて顔はよく見えないが、ひしひしとお松の強い意思が伝わってきた。

「……そうだな。おまえのいうとおりだ。卯乃吉を信じて待とう」

慎之介はもう一度路地から顔を出して通りを眺めた。人の通りもなければ、卯乃吉のやってくる姿も見えない。

「お腹、空いてない？」

「うん」

お松を振り返ると、懐から包みを出した。

「おにぎりよ。この先の小料理屋で作ってもらったの」

「ありがたい。だが、おまえは？」

「食べたわ」

慎之介はにぎり飯を受け取って食べた。

それで満足ではなかったが、空腹は何とか誤魔化すことができた。

卯乃吉が戻って来たのは、それから半刻ほどたったときだった。

「兄貴」

慎之介に気づくなり、卯乃吉は泣きそうな声で、無事でよかったといった。

「それで、湯浅らの隠れ家は突き止められたか？」

「やつらは目黒不動のそばにある百姓家に入りやした」

慎之介はキラッと目を光らせた。

五

昨夜の騒ぎはどこへやら、夜は静かに明けようとしている。

慎之介たちは高輪の屋敷で、ひと晩過ごした。湯浅らを警戒して交替で寝ずの番をしながらではあったが、体を休めることはできた。

お松が作ってくれた茶漬けをかき込むと、三人はそうそうに屋敷を出た。青い東雲《しののめ》に朱色の光が射しはじめていた。

慎之介の気力は充実していた。湯浅らの隠れ家はわかっている。そして、そこに千両箱が三つあるはずだった。つまり、三千両である。

湯浅らはその三千両を山分けして、行方をくらますはずだ。目付はすでに湯浅ら一党のことを掌握《しょうあく》している。さらに、町方の追跡もある。

よもや江戸に留まるつもりはないだろう。それも、今日明日にでも江戸を離れると考えたほうがよい。

そのために、慎之介は湯浅らに朝駆けをする作戦を立てたのだった。高輪の屋敷を出た三人は、百姓地を抜け目黒川沿いの道に出た。景色は朝靄《あさもや》に包まれている。

東の空が白々《しらじら》と明るくなったのは、川沿いの道を辿りながら桐ヶ谷村《きりがやむら》に入ったころだった。

あたりの景色の見通しがよくなった。

稲穂を実らせた田もあるが、ほとんどは畑地である。ところどころに松林と雑木林。川沿いの道には、萱野《かやの》や葦原《あしはら》、あるいは藪が点在している。

「兄貴、やつらの隠れ家はそっちじゃないよ」

下目黒村に入ったところで、卯乃吉が声をかけてきた。

「わかってる。行人坂《ぎようにんざか》の下まで行ってみる」

「なぜ？」

お松が聞いてくる。

「やつらは舟を使って品川まで運ぶ肚かもしれねえ。となれば、舟を用意しているはずだ。この川は品川に通じているからな」

「だったら、端から樹木谷に運ばずに、こっちに運んだほうがよかったんじゃないの」

もっともな疑問だった。

「こっちの隠れ家はあとで考えたんだろう。樹木谷のあばら家は、仮の金置き場だったのかもしれない。やつらはもっと安全な場所を探していたんだ。そして、目黒不動そばの百姓家を探しあて、千両箱三つを運んだところで、目付らに樹木谷のあばら家を嗅ぎつけられて焦った。そこへおれたちが何も知らずに行ってしまい、あとは知ってのとおりだ」

勝手な推量だったが、当たらずとも遠からずだろうと、慎之介は思っていた。

さっと明るい日射しが周辺の景色を明るくした。

鴉や鳥たちの声が一段と高くなった。

慎之介は動きやすいように、着流しを端折《はしょ》った手甲脚絆《てっこうきゃはん》に草鞋《わらじ》掛《が》け姿だった。お松も似たような恰好《かっこう》だ。そして卯乃吉は、膝《ひざ》切《き》りの着物に股引姿である。

川沿いに歩いて太鼓橋《たいこばし》まで来たが、湯浅らが調えたような舟はなかった。極小の百文舟《ひゃくもんぶね》か茶舟《ちゃぶね》しかなかったからだ。茶舟は十石《じっこく》の荷を積めるが、いずれもくたびれ果てたものばかりだった。

「卯乃吉、これからのことが首尾よくいったら、この坂を駆け上れ」

「ヘッ……」

卯乃吉は慎之介の指さす行人坂を見上げて、目をまるくした。幅三間、長さ八十間の急峻《きゅうしゅん》な坂が目の前にあった。

「走って、浜田藩抱屋敷に駆け込むんだ」

「浜田藩の屋敷に……」

「そうだ。そして、御用金を盗んだ賊を捕まえたと告げろ」

「えっ、それじゃ金は？」

「金は返す」

お松が驚いた顔を向けてきた。

「なぜ、そんなことを？　苦労して手に入れる金じゃない」

慎之介は首を振った。

「おれは西尾藩の目付に顔を見られている。さんざんいたぶられもしたが、面が割れている以上逃げることはできない」

お松と卯乃吉が茫然《ぼうぜん》とした顔で見てくる。慎之介はつづけた。

「おれの信用はない。ない以上、おれは目付につけ狙われつづける。捕まるのがいやなら逃げるしかない。だが、そんなことはできない。ならばどうすればよいか？　信用を取り戻すしかない。それは、あの御用金を西尾藩に返すことだ。おれは目付に、湯浅らの仲間だといってはいない。向こうは金さえ返ってくれば、文句はないはずだ。そのうえでおれは褒美《ほうび》金を所望する」

お松は卯乃吉と顔を見合わせて「いくら？」と、聞いた。

「八千両の一割、八百両だ。それ相応のはずだ」

お松と卯乃吉は短く黙り込んだ。

「……やつらから一千両もらえるはずだったのが、二百両減っただけだ。おいらはそれでもいいや。大金に違いはねえから」

卯乃吉がいった。慎之介はお松を見て、どうする、と聞いた。

「……いいわ。よくよく考えればそのほうが無難だものね。でも、そうするにはやつらをうまく押さえ込まなければならないわ。それがまずは大事なことよ」

「わかってる。ぬかりなくやるさ」

慎之介は行人坂に背を向けて、

「卯乃吉、やつらの隠れ家に案内するんだ」

といった。

六

湯浅らの隠れ家は、下目黒町にある長徳寺《ちようとくじ》から一町ほど離れた場所にあった。小さな百姓家だ。近くに人家はなく、周囲を雑木林に囲まれていた。目黒不動までは、直線で三町ほどだろうか。

慎之介はその百姓家の周囲を、丹念に見てまわった。ときどき湯浅らが表に出てこないだろうかと、まわりに注意の目を向ける。

家の煙出し窓から、細い煙が漏れていた。湯でも沸かしているのだろう。林の向こうに煙が昇っているが、寺の小僧が焚《た》き火《び》をしているものかもしれない。

小半刻ほどで慎之介は、お松と卯乃吉が隠れている場所に戻った。

「卯乃吉、おれがやつらをけしかけたら、あの家の屋根に梯子《はしご》をかけろ。梯子は裏の納屋に立てかけられている」

「なんで、そんなことを……」

「いいからやるんだ。それからお松、おれは常蔵と天兵衛の相手をする。おまえは湯浅を頼む。やつはさほど刀を使えないはずだ。できるか……」

「やってみるわ」

お松は緊張気味の顔で答えた。

「無理はしなくていい。命あっての物種だからな」

「心配いらないわ」

「兄貴、おいらは梯子をかけるだけでいいのかい?」

「おまえには、あとでいろいろやってもらうから、当面、それだけでいい。だが、お松が危なくなったら助をしろ」

「合点」

「よし、ではそろそろはじめる」

慎之介は灌木《かんぼく》の陰から立ち上がると、湯浅らのいる百姓家に足を向けた。

木漏れ日が足許に模様を描いている。

鳴き騒ぐ鳥のいる林を、風が吹き抜ける。

慎之介は表の戸口から三間離れたところで立ち止まった。襷《たすき》をかけ、鉢巻《はちま》きをする。一度息を吐き、ゆっくり吸いなおす。臍下《せいか》に力を入れる。

「湯浅千十郎、大久保常蔵、井上天兵衛、出てこいッ!」

慎之介は声を張り上げた。

家の中に、一瞬の静寂が訪れたのがわかった。

「桜井慎之介、参上!」

もう一度声を張ると、ガラリと戸が開き、井上天兵衛が姿を見せた。つづいて大久保常蔵が、がっちりした体を表にあらわし、四角い顎をぞろりと撫でた。

最後に湯浅千十郎が、いつもの笑みを消して軒下に出てきた。

「これは感心なこと。また助でもしてくれるのだろうか」

「ほざけッ！」

慎之介は湯浅を罵《ののし》り、眼光鋭く天兵衛と常蔵をにらんだ。

「おめえらの持っている御用金、そっくり頂戴にまいった。おとなしくわたして、この場を去るなら、おれは何もかも口をつぐんでもいい」

「これはまた片腹痛いことを申す」

湯浅がにたりと笑った。

「ふざけたことをいうやつだ。懲《こ》りずにやってくるとは愚かなやつよ」

天兵衛はそういうと、ペッと足許につばを吐いた。

「ならば、てめえらの命、この桜井慎之介が貰い受ける。覚悟ッ！」

そういうなり、抜刀して右八相に構えた。

天兵衛と常蔵が同時に刀を抜き払った。

そのまま、天兵衛が間合いを詰めてくる。青眼の構えだ。慎之介はその場を動かずに、十分引きつけたところで、さっと身をひるがえした。

すぐさま天兵衛が追いかけてくる。そのあとに常蔵がつづいている。

慎之介は林の中を抜けると、先の稲田の畦道《あぜみち》に入った。

畦道の幅は二尺あるかないか。両側は頭《こうべ》を垂れた稲穂の茂る田である。

天兵衛と常蔵の連係攻撃を防ぐにはこれしかなかった。一対一なら、自分に分があると慎之介は考えていた。

「こやつ……」

畦道に天兵衛が入ってきた。慎之介は青眼、天兵衛は右八相。

常蔵は目をキョロキョロさせている。稲田が邪魔をして慎之介を挟み込むことも、横にまわり込むこともできないからだ。

天兵衛はじりじりと間合いを詰めてくる。慎之介は右足をわずかに折り、腰を落として隙を窺う。

さっと、天兵衛が突きを送り込んできた。慎之介が左に払うと、天兵衛は俊敏に引いた刀を袈裟懸けに振ってきた。

慎之介は下がることで間合いを外し、休まず撃ち込んできた天兵衛の刀をすり落として、横薙ぎの一撃を見舞った。水平に振り切られる刀は、稲穂を断ち斬りはしたが、天兵衛には届かなかった。

だが、すぐに左足を踏み込んで、逆袈裟に斬り込んでいった。天兵衛は下がってかわすと、大上段から撃ち込んできた。

慎之介は大きく下がって間合いを取る。息の乱れは、まだない。天兵衛が鷹のような眼光で間合いを詰めてくる。顴骨の張った頬ににじむ汗が、朝日に光っていた。

慎之介が左脇をあけ、右八相に構えなおしたとき、天兵衛が電光石火の突きを送り込んできた。一度ではない。二度三度とつづけざまに送り込んできて、休まずに右面左面と撃ち込んでくる。

慎之介は反撃の隙を見つけられず、下がるしかない。追い込まれる形で、ついに畦道から少し広い野に出た。目の端に稲田をまわり込んでくる常蔵の姿が見えた。

天兵衛は肩を上下させていた。慎之介も息が上がりそうになっている。

柄をゆるくにぎりなおし、草鞋の先に出ている指で、土を嚙むようにして間合いを詰めた。天兵衛は右にゆっくりまわる。

慎之介もそれに合わせて動いた。ちらっと、高く昇った日を見る。さらに動いた。

こめかみのあたりから、一条《ひとすじ》の汗が頬をつたい落ちる。

中段から右足を引いて脇に構え、一尺ほど動いたとき、天兵衛が撃ち込んでくるのがわかった。慎之介は刀を寝せて日の光をはじいた。反射した光が、撃ち込みはじめた天兵衛の目にあたった。

「うっ……」

天兵衛が目をそむけた刹那、慎之介はその横をすり抜けていた。刀を水平に振り切ったまま、短く残心を取った。たしかな手応えがあった。

ふっと息をひとつ吐いて振り向くと、天兵衛がよろめきながら体を向けてきた。脇腹からあふれる血が着物を黒く染めていた。

「き、きさま……」

みなまでいわせずに、慎之介は唐竹《からたけ》割りの一刀を見舞った。

天兵衛の眉間《みけん》が割れ、鮮血が迸《ほとばし》った。天兵衛は何とか持ち堪《こた》えようとしたが、独楽《こま》が転がるように体を反転させて、そのまま大地に倒れた。

「おのれッ！」

稲田をまわり込んだ常蔵が、猛獣のように突進してくる。慎之介には体力の回復が必要だった。その場での戦いを避け、百姓家に向かって走った。

「野郎、逃げるとは卑怯ッ！」

常蔵がドタドタと足音を立てながら追いかけてくる。

慎之介は百姓家の裏にまわった。卯乃吉が立てかけた梯子に取りつくと、そのまま身軽にタタタッと、藁葺《わらぶ》き屋根に上った。

下を見ると常蔵が梯子に取りついて上ってくるところだった。

「おい、ここまで上がってこい。おれはここで待ってるぞ」

「何をこのォ……」

常蔵は怒り剝きだしの、真っ赤な顔をしていた。

もうすぐ梯子を登り切ろうというとき、慎之介はちょんとその梯子の上を押してやった。梯子は常蔵をしがみつかせたまま、後ろに倒れる。

「あわわわー」

常蔵が奇妙な声を発して、梯子といっしょに地面にたたきつけられた。

「ワハハハッ！　ザマ見やがれってんだ。悔しかったらここまで上がってこい、おたんこなす。ワハハハ！」

慎之介は豪快に笑い飛ばしながら、庭を見た。

お松が湯浅と取っ組み合っていた。

「卯乃吉、お松の助をするんだ！」

慎之介は指図をすると、きらりと目を光らせて常蔵に顔を向けなおした。大きく息を吐いて吸い、呼吸を整えた。

「大久保常蔵、上がってこれないか。だったらおれがそっちにまいろう！」

そういうやいなや、慎之介はひらりと宙に舞った。そのまま刀を大上段から、常蔵の脳天めがけて撃ちおろす。

「どりゃあ！」

裂帛《れっぱく》の気合いを発して、刀を振りおろしたが、常蔵は横に飛んでかわしていた。そして、すぐさま撃ち込んできた。

慎之介はその斬撃を払いあげると、常蔵の懐に飛び込んで脇差を奪い取り、土手っ腹に突き刺した。

「うん、ごォ……」

常蔵は奇妙な声を漏らした。

慎之介は素早くその常蔵から離れた。常蔵は体をぐらりと揺らして、自分の腹に刺さっている脇差をつかんで抜こうとした。

そのとき、慎之介は容赦ない一刀を見舞った。

「地獄に落ちやがれ！」

声を発したとき、慎之介の刀は常蔵の胸を断ち斬り、顎を砕いていた。

常蔵はたまらず、そのまま仰向けに倒れて動かなくなった。慎之介に休んでいる暇はなかった。急いで表にまわり込むと、お松が湯浅に追い込まれていた。

湯浅はお松を斬ろうと、藪をかきわけるように刀を振りまわしている。

「湯浅千十郎……」

慎之介は声をかけるなり、自分の刀を投げた。風を切って飛ぶ刀は、見事、湯浅の背中に突き刺さった。

湯浅がそのまま慎之介を振り返った。いつもの笑みはもうその顔にはなかった。顔は苦痛にゆがんでいるだけだ。

「湯浅、まんまとおれたちを嵌めたつもりだろうが、そうはいかぬがこの世の徒花《あだばな》。神妙に地獄に落ちるがよい」

「き、きさまは……」

慎之介は湯浅がいい終わらぬうちに、背後にまわり込んで刀を抜くと、そのまま背中に一太刀浴びせた。

「あ、うッ……」

湯浅はそのままゆっくり前のめりに倒れ、土埃を舞い上がらせた。

慎之介はその無残な骸《むくろ》を見届けてから、お松を見た。

「怪我はしていないか」

「大丈夫よ」

お松はまばたきもせずに答えた。

七

慎之介は三つの千両箱を百姓家の庭に運び出して、その上に座っていた。お松は手持ち無沙汰に重ねられている千両箱にもたれていた。

庭の隅にこんもりとふくれた筵《むしろ》があった。湯浅らの屍体を集めて、筵をかけたのだった。

「あれじゃない」

ふいにお松が立ち上がって、遠くに視線を向けた。慎之介もそっちを見た。

馬に乗った侍のあとに、十人ほどの徒士《かち》がついていた。

馬の口取りをしている足軽の前に、案内をする卯乃吉の姿があり、こっちを指さして騎乗の侍に何か話していた。

やがて一行が、百姓家の前にやって来た。

「そのほうが桜井慎之介か？」

騎乗の侍が、鋭い目を向けてきた。

「さようです」

「松平周防守様の家来、目付頭の平松久右衛門《ひらまつきゅうえもん》だ。御用金を盗んだ賊を討ち取り、残り三つの千両箱を手にしたらしいが、それがそうか」

平松久右衛門は慎之介が座っていた千両箱を指さした。

「さようです。どうぞおあらためください。しかし、この金は西尾藩に返すものです。なぜならわたしは西尾藩の目付にさんざん痛めつけられ、疑われた者です。こそ泥扱いをされたまま、この先生き恥はさらしたくありません」

「うむ」

平松は表情ひとつ変えずに頷いて言葉をついだ。

「そのほうの気持ちよくわかる。ここにそなたを捕らえた西尾藩松平家の目付がいる。秋山《あきやま》、これへ」

ははッと短く返事をして、前に出てきたのは、西尾藩のひげ面の目付だった。

（こいつ、生きていたのか）

慎之介は懐かしそうにひげ面の目付を見た。

「秋山、そのほうらが取り押さえ、そして逃がしたのはこの男に相違ないか」

「相違ありません」

「桜井と申したな。そのほう、樹木谷の賊の隠れ家に何をしに行った?」

「秋山殿にも話しましたが、品川で御用金を奪った賊が、樹木谷に入ったような話を聞いたので、気になって見に行っただけです。まあ、あわよくば金を手にできるかもしれないと思ってもいましたが……」

ワハハハ、と平松久右衛門が快活に笑った。

「そのほう、正直者らしいな。それにしても賊を討ち取り、御用金を取り返したのは天晴《あっぱ》れ。目付らにもできぬ働きぶりであった。それで、賊は?」

慎之介は庭の隅にある筵掛けを指さした。

平松久右衛門はひらりと馬から降りると、秋山を伴って湯浅らの屍体をあらためにいって、すぐ戻って来た。それから千両箱の中身をたしかめた。

「桜井、そして卯乃吉、それから……」

「わたしは、松と申します」

お松は平松久右衛門をまっすぐ見て応じた。

「女だてらにたいした働きであった。この千両箱は幕府の大事な御用金、よくぞ取り返してくれた。いずれ殿からお褒めの言葉と礼があるはずだ。よくよく貴公らのことは申し伝えておく」

「よろしくお願いいたします」

慎之介が深々と頭を下げると、平松久右衛門の家来たちがきびきびと動き、千両箱と湯浅らの屍体を運び去っていった。

「どうするの……」

一行がすっかり見えなくなってから、お松が慎之介に問うた。

「これでようやく家に帰ることができる。近いうちに何か知らせがあるだろう。それを待つしかない」

「褒美の金は、はずんでくれますかね」

卯乃吉が目を輝かせていう。

「おれの考えはちゃんと先様《さきさま》に伝える。八千両が煙のように消えるところだったんだ。殿様連中もケチなことはしないだろう。それも老中職にある殿様だ」

「でも、これでわたしたちの身も安泰になったわね」

お松がいう。

「ああ、これで大手を振って生きていけるってもんだ。さ、帰るか」

慎之介は一度まばゆい空を見上げて歩きだした。

八

三日後に、慎之介は鍛冶橋御門内の大名小路にある西尾藩上屋敷に呼ばれた。相手は老中職にある殿様だから、慎之介は普段着慣れていない肩衣半袴《かたぎぬはんばかま》で屋敷を訪ねた。

門前から玄関まで丁重《ていちょう》に案内され、玄関横の小部屋で少し待たされたが、すぐに案内役が奥の座敷にいざなってくれた。

そこは手入れの行き届いた庭の見える書院造りの座敷だった。庭には枝振りのよい松や楓《かえで》があり、蹲《つくばい》に張られた水が、きらきらと日の光を照り返していた。

やがて、奥の襖が開き、半白頭の老人が二人の小姓《こしょう》を連れてあらわれた。慎之介は平伏する。殿様はもっと若かったはずだがと思いもする。

「和泉守様家来、公用人の岡崎半兵衛《おかざきはんべえ》と申す。桜井慎之介殿、此度は大変な働き、殿も大変なお喜びであった。面《おもて》を上げよ」

慎之介は顔を上げた。

（なんだ和泉守じゃなく、公用人かよ……）

岡崎半兵衛はふんわりとした笑みを浮かべていた。

「さすがによい顔をなさっておる」

「恐悦至極《きょうえつしごく》にございます」

「わざわざ大儀であった。本来ならば殿直々にお礼を述べてもらうところであるが、あいにく大事な用で登城されておる。代わりにわたしが、礼を申すところである。これこのとおり、此度の働きご苦労でござった」

岡崎半兵衛は下げた頭を畳につけていった。

「あ、いえ、わたしは、ま……そのひとつお願いがあります」

「何でござろうか？　何なりと申すがよい」

慎之介はエヘンと、ひとつ空咳《からせき》をして、盗まれた八千両の御用金を取り返したのだから、その一割を頂戴できないだろうかと申し出た。

岡崎半兵衛はふんわりと笑った。

「そのことであるか。殿もどのような礼をしたらよいだろうかとお悩みであった。しかしながら、あれは大事な幕府の御用金である。働きには大いに感謝するところだが、所望される金高《かねだか》は少し難しかろう。ついては殿からの謝礼のものをおわたしする。これへ」

小姓のひとりが、恭《うやうや》しく三宝《さんぼう》を運んできて慎之介の前に置いた。

三宝には袱紗《ふくさ》包みが置かれていた。

「遠慮なくおしまいなされ。殿の感謝の礼である」

慎之介は少し躊躇《ためら》ってから、袱紗包みを頂戴し、懐にしまった。それから涎《よだれ》を垂らす犬のような顔で、岡崎半兵衛を見た。おそらくこれから謝礼の金をわたされるのだ、という期待の顔である。

「では、これにて失礼仕《つかまつ》るが、重ね重ねも大儀でござった」

岡崎半兵衛は軽く叩頭《こうとう》すると、そのまま座敷から消えていった。

「あ、あれ……」

取り残された慎之介は、ぽかんとその後ろ姿を見送っていたが、口だけが金魚のようにパクパク動いていた。

二刻後――。

慎之介の前にお松と卯乃吉が座っていた。慎之介の長屋である。

お松と卯乃吉は、袱紗包みの中身と慎之介の顔を交互に見ていた。

「こ、これだけ……」

卯乃吉が団栗眼を大きく見開いていう。

慎之介は腕を組んだまま頷く。

「たったの三両……」

お松があきれたようにつぶやく。

慎之介は一度目をつむって開き、組んでいた腕をほどいた。

「そうたったの三両だ。みんなで山分けしろってことだろう。これが卯乃吉、これがお松、残りがおれのものってわけだ」

慎之介は小判を一枚ずつ、お松と卯乃吉の膝前に置いた。

「ケチだろうー！　老中のくせに、一国一城の主《あるじ》のくせにィー……」

慎之介はやけっぱちの声を発した。

「ケチだねえー」

卯乃吉が同調すれば、お松も言葉を添えた。

「ただのケチじゃないわ。どケチじゃない！」

「よし、今夜はぱーっと派手に飲もう。飲んで忘れるっきゃない」

慎之介は自棄《やけ》っぱちになっていた。

その夜三人は、へべのレケになるまで酒を飲んだ。

そして、気づいたときには慎之介の横にお松が添い寝していた。夜中に目を覚ました慎之介は、そこがどこなのかしばらくわからなかった。だが、すぐに自分の家だと気づいた。

（それにしてもどうやって帰ってきたんだ……）

まるで記憶がなかった。

夜具に戻ると、薄闇に目を凝らしてお松の寝顔を見つめた。そっと、お松の乱れた襟に手を差しのべた。

「うーん」

お松が寝返りを打った。その拍子《ひょうし》に、白い乳房が見えた。大きくはないが、形のよい乳房だった。

ごくりとつばを呑み込み、横になる。すると、お松がまた寝返りを打ってきた。今度は慎之介の首に腕を巻きつける。顔を見ると、目を開けていた。

「いいわ」

「…………」

「慎之介さんなら許す。でも、今夜だけよ」

「いいのか」

お松は小さく頷いた。慎之介はそのお松の腰に手をまわして引きつけた。
（これが一番の褒美だったのかもしれねえ）
慎之介はそう思うしかなかった。

双葉文庫

い-40-34

百万両《ひゃくまんりょう》の伊達男《だておとこ》
雪辱《せつじょく》の徒花《あだばな》

2015年9月13日　第1刷発行

【著者】
稲葉稔《いなばみのる》
©Minoru Inaba 2015
【発行者】
赤坂了生
【発行所】
株式会社双葉社
〒162-8540 東京都新宿区東五軒町3番28号
［電話］03-5261-4818(営業)　03-5261-4833(編集)
www.futabasha.co.jp
(双葉社の書籍・コミックが買えます)
【印刷所】
株式会社亨有堂印刷所
【製本所】
株式会社若林製本工場

【表紙・扉絵】南伸坊
【フォーマット・デザイン】日下潤一
【フォーマットデジタル印字】飯塚隆士

落丁・乱丁の場合は送料双葉社負担でお取り替えいたします。
「製作部」宛にお送りください。
ただし、古書店で購入したものについてはお取り替えできません。
［電話］03-5261-4822(製作部)

定価はカバーに表示してあります。
本書のコピー、スキャン、デジタル化等の無断複製・転載は
著作権法上での例外を除き禁じられています。
本書を代行業者等の第三者に依頼してスキャンやデジタル化することは、
たとえ個人や家庭内での利用でも著作権法違反です。

ISBN978-4-575-66738-7 C0193
Printed in Japan